ストロベリームーン

Strawberry Moon

芥川なお

すばる舎

ストロベリームーン

装丁　bookwall
装画　ふすい

contents

プロローグ

「ねえ、佐藤君ってストロベリームーンって知ってる？」

「え？　ストロベリームーン？」

唐突な質問だった。彼女は少しだけ含んだ笑みで、黒板消しを持ったまま近づいてきた。

「難しく聞きたい？　ロマンチックな方がいい？」

小悪魔的に口角を上げ、訊いてくる。

「え？　どういう意味？」

「学者の先生が教えるようにか？　恋する乙女が教えるようにか？」

「うーん……よく分からないから、じゃあ学者の先生で！」

「意外と保守的ね！」

保守的ねといった言葉に、ガッカリされた気がしたので失敗したと僕は内心後悔した。

あの日の、あの瞬間の、あの教室には、檸檬《れもん》のような柑橘《かんきつ》系の甘酸っぱい香りが漂っていた。

今でもずっと好きな匂いだ。

2023年6月4日

外科病棟で、働き始めて2年がたった今でも何となく落ち着かない。その原因は鉄筋コンクリートの白い壁に熱を感じないからだ。無機質で不変的な冷たい造形物は、何らかの意味を持ってそこに存在する。

ここで芽吹く命や逆に途切れる糸は、まるで生命のリレーのようだ。

そのリレーは人間が決して抗《あらが》う事ができない。

その事実は頭では深く理解している。

だけど……少しでもその終《つい》に抗うべく、頭ではなく心が先に動いてしまう。

「それが僕らしくていいいんだ」と、勝手に僕自身は思っている。

「先生、俺の腎臓はどうなんだい？　完璧に治ったんか？」

触診の手を止め、質問者の方に顔を見上げた。

「村山さん、もう大丈夫です。経過も良好ですし、主治医の大滝先生も言っておられましたが、今週末には退院できますよ」

パジャマ姿に白髪交じりの無精髭。クシャッとした年季の入った笑顔がパッと明るく弾けた。医者も患者も退院を告げる瞬間がお互いにとって一番ハッピーであることは間違いない。

笑顔に対抗するように僕なりの最大の笑顔で返した。

そのときふと目線を移した先に、村山さんが借りているテレビから流れる女性アナウンサーの映像と音声に意識が吸い込まれた。

「今日6月4日、今夜の満月はストロベリームーンです。アメリカの先住民達……」

今年のストロベリームーンも6月4日……こんな偶然ってあるんだな……。


「先生どうかしたのかい?」

「あ、いえ、少しだけ考え事をしてしまいました。すみません」

「先生! 悩みがあったら俺にいつでも相談しなよー。特におねえちゃん系なら俺の専門分野だ」

「もー、先生は若手のホープなんですから揶揄《からか》わないでくださいね村山さん!」

看護師長が釘を刺す。

「ありがとうございます。村山さん、退院まで無茶はしないでくださいね」

「ああ、早く外の空気を吸いたいから大丈夫だよ」

「それでは失礼します」

病室の出口で、

「……先生! おねえちゃんには魂でぶつかっていけばいいんだよ」

自分が名医のように話す村山さんにクスッとしながら、僕は一礼して病室を後にした。

第1章

出会い

美少女

目乃美川に沿って連なる桜からひらひらと風に乗り舞い散る花びら。その情景は、とても幻想的で心の片隅をぎゅっと掴まれるようだ。桜散る景色は、毎年の如《ごと》く春の始まりを告げる。川面の方へ枝を伸ばす桜の花びらは、透き通った一面を覆いつくす。水面に触れる瞬間、桜の命の尊さと儚さを感じさせるのかもしれない。

川と桜に沿った落下防止の緑色の金網のフェンス。その向こう側には体育館がドーンと存在感を主張する。そこから聞こえてくる吹奏楽部の奏でる音は、思っていた以上に騒々しい。勇壮に聞こえる演奏も、今日の僕にとっては憂鬱《ゆううつ》で鬱陶《うっとう》しいだけだった。残念ながら吹奏楽部の奏でる楽曲は、式が終盤を迎えている事を暗に告げていたからだ。僕は短く深いため息を吐《つ》いた。

「ハァ……入学初日から遅刻って印象悪すぎだよな……」

いくら独り言を嘆いても現実は変わらない。僕は気を取り直して、新品の鞄を脇にしっかり抱える。鬱陶しい気持ちのまま体育館横をすり抜けた。小走りに校門を目指す。

近代的な白いコンクリート。連なる新設の校舎が僕を出迎える。校門の中央には、〝県立常盤南高等学校〟と書かれたプレートが大きな存在感を出している。いつも通る時には全く気にならなかったが、入学式初日のプレートは遅刻した僕にプレッシャーをかけるキラーアイテムになっていた。〝関係者以外通行不可〟と何やら偉そうに書かれた校門を、ガラガラと力一杯横にスライドさせる。左右誰もいないことを確認し、体を滑りこませた。

「ねえ！　遅刻？」

不意に声をかけられ驚いた。明るく透き通った声が、無防備な僕の斜め後ろから急に聞こえてきたのだ。ゆっくりと振り返る。生徒指導の女性の先生だろうか。顔だけを声の方向に向けた。

そこには常盤南高の制服を着た黒髪の少女が立っていた。植木の脇にポツンと。白くピンとした襟は優等生の象徴のように見えた。少女は呆気に取られている僕を見ると、クスッと吹き出した。硬い表情から一気に笑顔に変わった。

その外見は、女性に疎い僕でも一瞬で分かるほどの美少女だ。グリーンチェックのスカートから白く長い脚がスラッと伸びている。

顔ちっちゃ！　目デッカ！　超可愛い！

それが僕の彼女に対しての第一印象だった。

「はい……そうです」

とてもぶっきらぼうだったかもしれない。しかし、それがいきなり話しかけられ、びっくりした僕が返せる精一杯の言葉だった。女の子は重ねてクスッと笑うと矢継ぎ早に質問を被せてきた。

「君、もしかして新入生？」

この子は僕と同じ遅刻じゃないのか？

だとしたらどうしてこんなにも余裕なんだろう？

新入生って訊くって事は先輩なのかな？

「あ、はい」

ひとまず正体不明の美少女の質問に素直に答えておく。しかし、心の中はこれまでにないくらいざわついていた。相手の素性こそ分からないものの、自分史上見た事がないレベルの美少女が目の前に立っているのだ。その状況に僕は完全に虚《きょ》を衝《つ》かれ、動揺を隠そうと必死だった。

ほんのわずかなやりとりではあったが、僕はこの一瞬で彼女の笑顔と声に魅了された。もしも今鏡を見ることができるなら、目尻は下がり、鼻の下が伸びているに違いない。自分が恐ろしいほどだらしない顔だと想像し得るから、あえてそこは想像するのをやめた。

僕の名前

「フフフッ。入学式に遅刻してくるなんてあなた中々の大物ね！」

制服の少女は遅刻した僕を、〝入学式遅刻＝かなりのおバカ〟と揶揄っているのだろうか。

初対面の人に小馬鹿にされた気がして、僕はほんの少しだけ心の奥底でムッとしてしまった。平和主義者の僕にしては珍しい。普段は他人に対し攻撃的な感情を持つことなどほとんどない。にもかかわらずこの時は衝動的に口を尖らせ、その少女を少しだけ不満気な面持ちで見返してしまったのだ。

僕のそんな視線に気がつくと、あえて話を逸《そ》らすように彼女は会話を紡いでくる。

「で、あなた自分が何組か知ってるの？」

「いや……」

僕はかぶりを振った。自分でも情けなく思うが、先ほどの小さな敵意は少女の屈託のない笑顔の前にすぐに消え去った。もう一度、この状況を冷静に判断しようと試みる。初対面なのに、少し馴れ馴れしいこの美少女は一体誰？

何よりも僕自身を一番動揺させたのは、この時点ですでに、この少女にものすごく惹かれていたことだ。

何て魅力的な笑い方をするんだろう。その少女の笑顔が僕の心の中をすでに支配していたのだ。彼女はそれほどの破壊力を持つ美少女だった。

「ねえ、あなた名前は？」

彼女は僕の心臓の鼓動や動揺など無視して質問をどんどん被せて来る。初対面のはずの僕に対し、なぜだかすごく馴れ馴れしいのだ。でも正直それが嫌ではない。

人懐っこさが上回り、負の印象を全く感じさせないのだ。

「佐藤日向」


名乗らない相手に自分の名前を先に言うのは少しだけ抵抗があったが、

「サトウヒナタ……サトウヒナタ……」

彼女は手に持っていたバインダーの中の名簿を見ているようだ。そのリストの中から僕の名前を探しているみたいだった。

「あー、いたいた。サトウヒナタ君は1年4組だね。ねえねえ、体育館での入学式って後2、30分で終わるみたいだけど行く?」

小悪魔的な笑みの攻撃力に耐性のない僕はすでにノックアウト寸前。弾ける笑顔が彼女を魅力的に、より一層可愛く見せた。

「行くなら私が教室まで連れて行ってあげようか?」

あげるという言葉は元来好きではない。加えてちょっとくらい可愛いからと上から物言うタイプはなおさら好きではない。そう思って生きてきた。その固定観念もすぐに覆される。どうやらこの子の場合は上からというより、人懐っこさから出る言葉のようだ。

式の最後に「遅刻しました」的に体育館で全校デビューするのは勘弁してほしい。入学式の途中で遅れて後ろに座るバツの悪さは味わいたくないと思った。全校生徒の前で入学早々恥を掻くのは御免だ。不本意に名前を覚えられるに決まっている。

「いや、自分で行くんで大丈夫です」

その迷惑な申し出は何とか断れた。予想外の回答だったみたいだ。彼女は口角を上げ、

「そう？　じゃあ、1年4組の教室はあそこに見える白い校舎の3階の右から2つ目の教室ね！」

彼女は右手で数十メートル先の校舎を指した。その白く繊細で綺麗な指先に一瞬

で目を奪われた。

「あ、ありがとう……」

女の子と話すのは得意な方ではないが、僕なりに精一杯の御礼を伝えた。客観的に見てもおそろしいほどぎこちない愛嬌を添え、軽い会釈をした。僕は彼女の横を駆け足で通り過ぎようとした。

「んじゃあね！　サトウヒナタ君！　また後でね！」

不意にポンッと肩を叩かれる。すれ違う瞬間、顔を上げて彼女と視線を合わせた。透き通るような瞳にまた吸い込まれそうになる。スローモーションみたいに感じた。コマ送りのように彼女の横顔が勝手に脳裏に刻まれる。

その瞬間、風で彼女の髪が僕の目の前をそよいだ。シャンプーなのか分からないが柑橘系の良い匂いに僕の周辺半径1メートルが包まれた。

彼女はニコッとすると、制服の上着をふわりと羽織る。女優が演じるドラマのワンシーンのような素敵な所作にもっと目を奪われた。

教室の王

10メートルほど通り過ぎた後、僕は最大のミスに気がついた。彼女の名前を訊くのを忘れたのだ。

気づいた時は距離的にもう手遅れだった。わざわざ戻って訊くのも物乞いしているようで情けない。完全にタイミングを逸してしまった。

彼女は一体何者なのだろうか？

ここの制服を着ているから先輩？

それとも同級生？

でも同級生は全員体育館にいるはずだからそれはないか？

僕の頭の中を、透明感のある笑顔が侵食していく。

何気ない素振りで、しばらくしてから後ろを振り返ってみた。その時に見えたのは、校舎から出て来た両親らしき男性と女性と談笑しながら、彼女が別の方向に向かって歩いて行く後ろ姿だった。

僕の勝手な思い込みかもしれないが、彼女は何回かこちらを振り返った。しかもこちらに視線を送ってずっと微笑《ほほえ》んでいるようだった。

白い鉄筋コンクリート。その一面ガラスの扉を開けると、いかにもな鉄製の下駄箱がある。自分の靴の置き場所をまだ知らないので、僕は適当に下駄箱の上に靴を置いた。鞄の中の袋から上履きをタイルの廊下に無造作に落とした。

上履きはハの字になり、それに合わせるように体をクネらせ足を通した。毎回そうだが上から落として履きやすい角度になった試しなど皆無である。トントンとつま先を合わせ、かかとを調節し完了する。

下駄箱のすぐ右側にある階段を、教室のある3階に向かって一段ずつ駆け上がる。

遅刻したおかげで美少女に出くわす奇跡に心が上ずっているのか、思いのほか階段を駆け上がる体が軽い。

　この時間はまだ全員体育館だから教室には誰もいるはずがない。誰もいない校舎は寂しく、静寂が階段も廊下全体をも支配していた。物音一つ聞こえない中、3階まで駆け上がり、1年4組の教室のドアを一気に開けてみた。予想通りガラーンとしている。

　人の存在のない教室はなんだか殺風景で味気ない。キョロキョロと見渡しながら教室の中央に進んで行く。机に貼ってある漢字を確認しながら、自分の名前を探し当てた。ゆっくりと椅子を引く。ギーッという音が教室内に響いた。荷物を机の上に放り投げ、椅子に腰をゆっくり落とした。

　広い教室の中に一人でいる。貴重な時間は僕を心地良さで包んでくれる。これから始まる高校生活のスタート地点に立ったのだ。遅刻という現実から逃避すれば、幸せな気分が心を満たしてくる。10分ほどぼーっと座ったままあえて何も考えない。

教室の中で普段味わえない一人の時間を満喫した。

教室の中に一人でいる時間が長くなればなるほど、自分が教室の王になった錯覚に陥る。同時に一人ぼっちの寂しさが交錯してくる。

茶色の木の机。木の椅子。黄土色なのか、薄茶色なのか分からないが地味なカーテン。緑色の黒板。白く丸い時計は、すでに10時30分を指そうとしていた。

その時、突然教室の扉が開いた。

扉に目を向ける。

そこには先ほどの少女が立っていた。

微笑みを湛《たた》え、好奇心なのか？　好意的なのか？　分からないが、先ほどと同じく大きな目で僕を穴が空くほど見つめている。

少女の名前

え？　この子もしかして同じクラス？

「佐藤日向君、２度目のおはようだね！」

そう僕に告げると、黒板を背に僕の席に向かって楽しそうにどんどん近づいてくる。彼女の持ち前の柔らかい雰囲気で、一瞬で僕の防衛線を簡単に突破した。一気にパーソナルゾーンに侵入してくる。

先ほどは気がつかなかったが、肩までの黒髪がとても綺麗だ。まっすぐなストレートですごく艶がある。顔もだが、見惚れるほど綺麗な髪質をしているのだ。端整な顔立ちに似合う髪質まで綺麗な美少女。気がつくと、彼女は見惚れていた僕のすぐ近くに立っていた。

「私の席は……」

どうやら自分の席を探しているようだ。やはり、彼女は先輩ではなく、同じクラスの同級生みたいだ。

「あ、あった！」

僕の席の前で止まる。まるで宝探しで隠された財宝を見つけた子供みたいだった。

彼女は僕に向け、先ほどの人懐っこい表情で無邪気に白い歯を覗かせた。

「佐藤日向君の一つ前の席だね」

僕はその席に貼られた名札をすぐ目で追って確認した。

〝桜井萌〟

サクライ……モエって言うのか……何だか外見に見合う芸能人みたいな名前だ。

顔も芸能人並みに可愛いし、名前も可愛い。名は体を表すという言葉は、そのままこの子のためにあるようなものだ。しかも何か不思議な雰囲気というかオーラみたいなものを纏《まと》っている。

ここまでの材料で判断すると彼女は人懐っこいオープンな性格みたいだ。人懐っこいって表現が正しいか分からないが、彼女の零《こぼ》れるような笑顔は人の警戒心を一瞬で解く作用がある。そう表現するのが正しいとその時は思った。僕は入学早々、前の席の彼女に心を奪われてしまったのだ。

二人きりの教室というシチュエーションが何か運命めいたものを僕に勘違いさせたのかもしれない。

「ねえ、佐藤日向君！　実は……私も遅刻なんだ。同じだねー」

スカートをフワリと広げ、椅子に両腕を絡ませる。50センチほどの距離に後ろ向きで彼女がすっと座った。見るつもりは全然ないが、一瞬スカートの中が見えそうでドキッとした。教室に入ってからすでに3度目のサトウヒナタと呼ばれる。彼女は僕の名前を伝えてからずっとなぜかフルネームで僕の事を呼ぶ。

「え？」

「ねえねえ、入学早々教室に二人きりだとみんなに怪しまれるかな？　ねえ佐藤日向君？」

「え？」

2度目の〝え？〟が口から零れた。最初の〝え？〟はそうなんだという関心の〝え？〟。2度目の〝え？〟は思ってもみなかったの〝え？〟だった。

「嘘！　嘘！　何赤くなってるの？」

悪戯《いたずら》っ子みたいな笑顔。すでに5分で4回のフルネーム連呼。まだ4月というのに背中から変な汗が噴き出し、滝のように伝った。

「なってないし」

恥ずかしかった……だからちょっとだけ語気を強めて顔を背けてしまった。口調が強かったことを即座に後悔した。恐る恐る顔を上げる。彼女の方に視線を戻すと彼女は、

「フーン。そうなんだ。残念」

意味深な言葉をポツリと上目遣いで呟いた。

心臓を直接掴まれているくらいドキッとした。

至近距離で見る彼女の破壊力は想像以上だった。睫毛はカールがかかり、大きな目をより一層華やかに彩っている。スッとした鼻筋と可愛らしい唇。小顔の輪郭は、美少女という言葉が一番相応《ふさわ》しい。さっきから背中もそうだが、腋《わき》の下が冷たいほど汗をかいている。

その彼女の向こう側に一人の男性が立っているのに気がついた。白髪交じりの中年男性だ。眉を上げ、驚いた表情を浮かべると、首を傾《かし》げてこちらを見やる。僕は、あ！　と彼が何者かを瞬時に理解した。

担任の先生だ。男性は、

「お前、佐藤か？」

先生は桜井萌に軽く会釈のように手を上げ挨拶を交わす。なぜだか僕にだけ質問を投げかけた。どうやら桜井萌は元々先生とは面識があるみたいだ。

「あ、はい」

席を立って答える。

「で、どうした？　入学早々遅刻か？」

先生は怒っている様子はなく、意外にも困った奴だな的な態度だった。助かったと正直思った。怒られないにこした事はない。

「桜井、お父さんとお母さんは先ほど校長先生とお話しされて帰られたから」

僕と彼女に対しての態度が全然違う気がする。もしかして可愛い子優先主義なのか？　それとも過保護な担任なのか？

「フフッ、先生、佐藤君、遅刻したから今日罰として掃除当番でどうですか？」

いきなり先生に大声で最悪の提案をする。

「え？　え？」

座り直した椅子から尻を浮かせる。全力で否定しようとするが時すでに遅し。

「だな。じゃあ、佐藤！　放課後掃除当番な」

「え？　そ、そんなー」

「先生！　私も一緒に掃除当番をやっていいですか？」

僕は想定外な提案に驚いて視線を彼女に向けた。

「え、それは……親御さん遅くなると心配するんじゃ？」

先生は少し困った表情を浮かべたが、

「連絡入れておくんで大丈夫です」

「先生が連絡入れておこうか？」

え？　何その対応の違い。

「大丈夫です」

と、桜井萌が担任に答えた瞬間、ドタバタと階段を上がってくる音が廊下に響いた。

掃除当番

教室にクラスメイトが騒がしさと共に濁流のように入ってくる。

「あれ？　日向？　いたの？　遅刻？」

僕を見つけた一人が教室中に聞こえる大きな声で叫んで駆け寄った。

「何やっちゃってんの入学式早々？　俺ら同じクラスだぜ！」

彼の名はカワケンこと川村健二。続いてやって来たのがフーヤンこと福山凛太郎。

彼らが僕の机に駆け寄ってくる。小学校からの悪友の彼らに遅刻するメッセージを送ってはいたが、進学校の携帯持込禁止事情も相まって、式の最中で既読にすらなっていなかった。彼らは僕が遅刻している事実を知らなかったみたいだ。逆に僕は彼らと同じクラスだとは思ってもみなかったので驚いた。

「それじゃ後でね」

桜井萌が黒板の方を向き直る前に小声で囁いた。

僕は恋愛詐欺にあっている。きっとそうだ。

彼女はさっき会ったばかりの僕になぜこんなに人懐っこく接してくるのか？　彼女の天性の性格なのか？

それはその後に十分過ぎるくらい分かった。誰にでも人懐っこく、天性の明るさで元気な女の子。女子にも、男子にも人気がある。あっという間にクラス一の人気者になった。いや、学校一の人気者になるのに時間はかからなかった。

成績優秀。ビジュアルもアイドル級。スタイルもモデル並み。さらに性格も良いとなると非の打ち所がないのだ。

天真爛漫とは桜井萌のためにある言葉のような気がした。

桜井萌が、体を捩らせ前を向く。速攻カワケンとフーヤンが座っていた僕を立たせ、羽交い締めにしながらロッカーの方へ無理矢理連れて行った。小声ながらも悪戯っぽさを含んだ笑みで、テンション高く鋭く詰問してくる。

「誰だよ？」

「めっちゃ可愛いじゃん！　芸能人レベルだぜ」

この時点でチョークスリーパーが喉にしっかり食い込む。その腕にギブアップの意味を込め2回タップするが全く容赦ない。

「どこの誰？」

「いや、分からない……初めて会ったから」

「の割に何であんなに仲良さそうなんだよ！」

羽交い締めしたカワケンの腕の力がどんどん強くなる。

「いや、だから良く分からないんだって」

ボディに軽くパンチを入れられる。でもなぜだか今日に限って言えば全然痛くない。カワケンやフーヤンにも芸能人レベルに可愛いと映る女子と入学早々話せる奇跡が僕には起きたからだ。その事で少しだけ彼らに対し、優越感を感じていた。僕の人生では全くない女っ気というワード。

午前中、担任の自己紹介、規則や授業内容の説明、意見交換会みたいなもので時間が過ぎていった。

「それでは、今日はこれで終わりです。明日は放課後に部活見学があるので、まだ決まってなくて興味があるものはこの機会を活用するように」

そう言い残すと担任の山下先生は教壇から降りる。そのまま教室の出入り口に歩いて行った。先生が教室からいなくなりそうだと分かると、一気に教室が騒々しくなる。

担任はドアに手をかけた瞬間、踵《きびす》を返すと僕ら二人の方に生徒の波を掻《か》き分け向かって来た。目の前に座っている桜井萌に、

「桜井、本当に大丈夫か？」

「はい」

満面の笑みで返す桜井萌。

「佐藤、罰掃除はお前が遅刻したからだからな！　桜井に重いものとか持たせるな

よ！」

「先生！」

桜井萌が山下先生に本当に大丈夫ですからの声をかけ返す。

「あ、うん……すまん、すまん」

「じゃあ、佐藤、桜井。教室の掃除よろしくな」

「はい」

「あ、はい」

そう告げると足早に後ろ側のドアから去って行った。

まばらになった教室に生徒の輪がいくつかできる。もちろん僕の周りにも桜井萌の周りにもだ。

「ねえ萌！　どうする？」

「あ、ごめん智香、先に帰っててくれる？　私、教室の掃除、先生に頼まれちゃって」

「だったら手伝おうか？」

「大丈夫、佐藤君と二人で頼まれたから」

「佐藤君？」

「あ、後ろの男の子」

モエって単語と後ろの男の子って単語だけ拾えた。こちらはこちらでさっきからずっとカワケンとフーヤンから弄《いじ》られている。

「何でお前だけあんな可愛い子と掃除当番二人っきりなんだよ！」

「知らないよ！　先生に言ってよ！」

僕は口を尖らせる。どうやらニヤケ顔だったらしく気にくわないと今度はヘッドロックをかけられる。

また、担任が教室に戻ってきた。

「おーい。お前達残ってないで早く帰れよ」

担任がクラスに残っていた生徒達を急《せ》かして帰す。カワケンもフーヤンも渋々後ろ髪ひかれる様子で教室を後にする。そのおかげと言ってはなんだが、教室には僕と桜井萌の二人っきりになることができた。

都市伝説

朝みたいに色々喋りかけられるかと期待していた。ところがなぜか桜井萌は黙々と掃除の準備をし始める。

会話がないまま5分ほど経過した。チラチラと見るが全くこっちを見ようとはしない。

僕は静寂に耐え切れず、

「ねえ、もしかして何か怒ってる？」

背を向け黒板に向かっている状態の彼女。僕の質問に呼応するように勢いよく半回転して振り返った。朝同様にスカートがフワッと波打ち揺れる。またもドキッとした。

「あ、そっか……ごめんごめん。掃除に集中してしまってた」

そう言うと一人でクスクスと笑う。

「佐藤君寂しかったの？」

彼女は朝と同じく天使のような無邪気な笑顔に戻った。

「あ、いや……」

「ねえ、佐藤君ってストロベリームーンって知ってる？」

「え？　ストロベリームーン？」

唐突な質問だった。彼女は少しだけ含んだ笑みで、黒板消しを持ったまま近づいてきた。

「難しく聞きたい？　ロマンチックな方がいい？」

小悪魔的に口角を上げ、訊いてくる。萌の「座って聞いて！」というジェスチャーに、一旦掃除をやめて近くの席の椅子に腰を落とした。

「え？　どういう意味？」

「学者の先生が教えるようにか？　恋する乙女が教えるようにか？」

「うーん……よく分からないから、じゃあ学者の先生で！」

「意外と保守的ね！」

保守的ねといった言葉にはガッカリされた気がしたので、失敗したと内心後悔した。

「ストロベリームーンはネイティブアメリカンが毎月の満月に付けていた名前の一つをそう呼ぶの。でね、月は月と太陽が地球を中にほぼ反対側に位置しているときに満月になるんだけど、夏と冬では月と太陽は観測できる高さが逆になるの。夏になると太陽は高くなって、日が延びるのを知ってるよね？」

もうこの時点で彼女が話している内容がチンプンカンプンだった。無知を悟られるのが恥ずかしかったので、そのくらいのレベルは知っていますよという顔ですまして見せた。

僕の顔を確認しながら彼女は話を続ける。

「冬には夜が長くなり、太陽は低くなるよね。その逆で夏には夜が短くなり、満月の高さは低く、冬には高くなるの。夏至《げし》の時期の満月は地平線近くに位置するのね。朝焼けや夕焼けが光の反射で赤く見えるのと同じように、地平線近くの満月も時間帯や場所によっては赤みを帯びて見えるの」

とピョンと両手を使って行儀悪く机の上にお尻から座った。声にも動きにも目を奪われる。

「ああ……ふーん、そうなんだ」

彼女が今まで喋った学者の講義のような内容を全くと言っていいほど理解できて

いなかった。アホがバレる前に少しでも早く彼女の言っていることを理解しようと、恋する乙女がロマンチックに教えてもらう方を聞くことにした。

「ロマンチックの方はどう説明するの？」

彼女は待っていましたと言わんばかりにフフフッと声を零すと、

「じゃあ、ロマンチックバージョンね！　ストロベリームーンって幸運を呼ぶ月って言われてるの。ストロベリームーンの名前の由来は、二つあるって言われてるのね」

「ふーん」

彼女のキラキラした瞳と表情が眩しい。

あえて味気ない返事をしてみた。

「一つは昇り始めの赤く丸い見た目から、まるでイチゴのように赤い月という意味で名前が付けられた説。もう一つは、アメリカではイチゴの収穫が6月であることから、ストロベリームーンと呼ばれるようになったという説の二つね」

ニコリとする。

「……それがロマンチックなの？」

ロマンチックな要素が不足していたと思ったので思わず首を傾げた。焦って彼女の話の途中で突っ込んでしまった。僕のリアクションを見て、

「待って！　焦らないでね！」

「あ、うん」

その言い方が可愛すぎて、僕は大好きな幼稚園の先生に諭された子供のように素直に首を縦に振る。何の疑問も持たず、素直にうんと答えてしまった。

「ストロベリームーンには縁結びの効果もあると言われているの。好きな人と一緒に見ると永遠に結ばれるとも……私、その素敵な迷信を信じてみたいんだ。これからの人生、毎年、好きな人と一緒にストロベリームーンを眺めるの。それが私のちいさな夢なの。変かな？」

彼女は儚げに、そして少しだけ悲しそうな目で僕を見つめてくる。なぜ、桜井萌は僕にこんな話をしたんだろうか？　彼女は言葉を続ける。

「それでね、ストロベリームーンは夏至あたりに見ることができるの」

「へえー。そうなんだー？」

夏至って一体いつだっけ？　夏休みくらいか？　そもそもこの15年間夏至を意識して過ごしたことがない。一体夏至っていつなんだ？

「今年のストロベリームーンは6月4日月曜日の予定なんだ」

彼氏・彼女

膝に両肘をつき、両手に小顔を乗せる。顔を僕に躊躇なく近づけてくる。良かった。バカな質問をせずに助かった。

「ねえ、佐藤君って彼女いるの？」

質問が先ほどから唐突すぎる。

「いや……いないけど……」

緊張しているのがバレバレで妙な空白の時間が流れる。暑くもないのに額から汗が背中と同時に伝うのが自分でも分かるレベルだ。全くと言っていいほど落ち着きがなくなる。朝からこの子に会って、どれだけソワソワした汗をかけばいいんだろう。

「ふーん……だったら私を佐藤君の彼女にしてくれない？」

まだ桜井萌という美少女に出会ってたったの3時間だ。予想外すぎて彼女というフレーズが脳天を直撃する。全く予想していなかったそのパワーワードに、慌てふためき椅子から転げ落ちてしまった。自分でも制御ができないくらい心臓の鼓動が血管を通して鼓膜に直接聞こえてくる。そんな大惨事レベルだ。

「え？　えー」

彼女の破壊力抜群の攻撃的問いかけに「え？」が、僕ができる精一杯の反応だった。こんな美少女にそんなこと言われることが人生においてあるだろうか？　頭の中を色々な想像が駆け巡る。

「いや？」

「嫌じゃないけど……」

嫌な訳がない。まだこの学校の女子生徒全員を見た訳ではないが、学校1、2の美少女と言っても過言ではない。そのくらい目の前の桜井萌は美しく可愛い。芸能人並みの可愛い女子に入学早々告白されて断る馬鹿がどこにいると言うのだ？

でも……僕は彼女のことを全く知らない。その部分で少し臆病になり、躊躇していると、

「嫌じゃないなら、私が彼女でいい？」

「あ、うん……」

どうしてこんなに積極的なのだろうか？　思わず反応して言葉が零れてしまった。

彼女は腰掛けていた机から横にウサギのようにピョンと飛び降りた。椅子の上に上履きを脱いで立ち上がると、教室外に聞こえるような大声で選手宣誓のように宣言した。

「私、サクライモエは今日からサトウヒナタの彼女です！」

呆気に取られる僕と桜井萌の恋は僕の主導権が0《ゼロ》で、天真爛漫な彼女の全主導で入学式当日、この瞬間にスタートしたのだ。

「おーい、お前ら掃除終わったか？」

担任が見計らったようにそのタイミングで顔を覗かせた。僕も桜井萌もほとんど掃除らしい掃除をしてはいなかったが、桜井萌がにこやかな笑顔で応える。

「終わりました！　ね、佐藤君」

僕にウインクで合わせろと合図する。

「あ、うん」

担任に掃除終了を報告する。担任の先生は、

「明日は遅刻すんなよ、佐藤！　桜井、掃除に付き合わせて悪かったな」

「いえ、私が掃除当番に立候補したんで気にしないでください。じゃあ、失礼します。先生！」

桜井萌は鞄を抱え、僕より先に教室を後にする。

あんな宣言の後の呆気なさに少々気落ちしたが、正気に戻される。教室に取り残された僕はしばらく考え込んだ。先ほどの出来事が夢か現実か考えを巡らせてみる。

廊下側の窓から、帰ったはずの桜井萌が不意に顔を出した。ちょっと悪戯好きな妖精のように覗き込んだ。

「佐藤君、さっきの話本当だからね。これ私の連絡先。後で連絡ちょうだい。不束《ふつつか》者《もの》ですが末永くよろしくお願いします！　日向くん」

初めてフルネームから下の名前だけで呼ばれた。あまりの可愛さに今日何度目か、心臓がキュッとした。そう一方的に言い終えると窓側の机の上に紙を置いた。大き

く手を振り教室を後にする。紙には電話番号とアプリの連絡先が書かれていた。それも可愛らしい文字で。

強引な彼女に押し切られる形で僕達の交際は始まったのだ。付き合っている子も好きな子もいなかったので、初日に出会って付き合うという衝撃的な展開以外は何も問題はなかった。

同じ飲み物でも

ただ、冷静に考えた時に僕でいいのか？　学校一の美少女とは釣り合わないような気がした。まだ彼女の事をあまり知らなかったので、この頃の僕は明確に答えが出ているそればかりを考えた。

僕はどちらかと言うと不細工ではないかもしれないが、彼女に釣り合うほどの端整な顔立ちではない。イケメンの部類ではないと思っている。中学時代は眼鏡をかけていたが、女子から外した方がカッコいいよと言われ続けたのでコンタクトにはしていた。

よく言われていたから認識していたが、どうやら僕は塩顔らしい。日向の顔が好きな子にとっては本当に好きな顔なんだよなー。そうカワケンやフーヤンにも中学時代からよく言われてはいた。

クラスでもカワケンみたいにパッと見目立つタイプでもない。どちらかと言うと修学旅行の点呼でも先生には忘れられる方の部類だ。

それに引きかえ、彼女には生まれ持っての華がある。そのオーラはもちろん目には見えないし、上手くは言えないが、明るくオレンジ色みたいなものだ。

飲み物でたとえると、白湯《さゆ》のように味も特徴もない冴えない僕と、英国王室で飲まれているようなアッサムミルクティーのように濃厚で甘くて上品な味の彼女。

人生で初めてできた彼女が桜井萌。

人生で初めて告白された相手が桜井萌。

こんなにでき過ぎた高校生活のスタートになるなんて全く予想しなかった。

第2章

恋人

奇跡の誕生日

『今日はありがとうね日向くん。改めまして彼女としてこれからずっとよろしくお願いしますね私の彼氏さん！』

『正直びっくりしたけど、こちらこそお願いします。佐藤日向です』

『ですはカタイよ日向くん笑』

『あ、ごめんなさい桜井さん』

『その桜井さんもカタイ〜』

『どう呼べば？』

『そうだなー萌ちゃんで！』

『うん。分かった』

その日から日向と萌はメッセージのやり取りを楽しんだ。話したくなったら電話をする。たまに決められたルールギリギリまでの長電話になることもあった。ゆっくり少しずつ距離を縮め、恋人として相手を理解し、知っていった。空いている時間は呼応するようにメッセージが飛び交った。


『誕生日はいつ？』

『6月4日』

『それってストロベリームーンの日ってこと？』

『ピンポーン。日向くんよくできました！　そうなの今年は私の誕生日なの。そんな偶然、そんな奇跡ってある？』

『萌ちゃんかなり持ってるね？　普通は有り得ないよ』

『日向くんは？』

『僕は8月16日』

『夏男だね！　私もう日向くんの事、日向くんって呼んでいるけどそのままでいい？』
『うん』
『でも、私呼び捨てでもいいよ！　呼んでみてよ』
『え？　でも……モ、エ』
『えーなんかぎこちない』
『やっぱり、呼び捨て向いてないから、僕、萌ちゃんって呼ぶよ』
『うん、わかった♡』
『そう言えば萌ちゃんの好きな食べ物って何？』
『サクランボ。日向くんは？』
『僕は餃子とタンシチュー』
『兄弟っている？』
『うん。弟』
『いくつ？』

『13歳離れているから3歳』

『え？　そんなに離れてるの？』

「いいなー私、一人っ子だから羨《うらや》ましい』

『うん。オムツ替えたり、ミルクやったりしてたよ』

『可愛いんだね！　今度会ってみたい』

『うん。黒目が大きくて超可愛い。いつかタイミングが合えば会わせるね。萌ちゃん部活は？』

『美術部に入る予定』

『絵好きなの？』

『うん。昔から大好きで、ずっと描いてられるんだ』

『日向くんは？』

『僕は帰宅部でいいかな高校は』

『そうなんだ？』

一通りお互いを知るメッセージを重ねた後は、くだらない内容が半分以上を占めていた。クラスメイトの話、担任の話など、堰《せき》を切ったように数多くのメッセージをそれから毎日やり取りした。

カワケンの兄貴が双子で顔がそっくりだから、いつも達夫と和夫を間違えて怒られる話。物理の田中先生がエロＤＶＤを借りていたのを2組の武田に見られた話。しかも女子高生シリーズ。同時にキモい意味のスタンプの連投。

隣のクラスの三上と里村が付き合っているとか。本当に他愛もない話ばかりだったが、二人ともやり取りをすごく楽しんだ。電話では、

「5組の川井っているでしょ？　同じクラスの秋山さんと付き合ってるんだって」

「そうなんだ」

「しかもこの間、すごい事があったんだ」

「どういう？」

「体育教師の三田に地下の駐輪場でキスしているのを見られたらしいよ」

「え？　学校で？」

「そう。大人しそうに見えて人って分からないよね」

「ねえ、じゃあ日向くん、知ってる？　学校の角を曲がったところにあるお肉屋さんの唐揚げ、九官鳥の肉って噂あるの」

「な、訳ないじゃん。そんなの信じてるの萌ちゃんだけだよ。やっぱり天然だね。萌ちゃんそれ誰から聞いたの？」

「え、美奈が言ってたんだけどなー。え、そうなの？」

「あははは……。他には何か面白い話ないの？」

「後はねえ、これは智香が言ってたんだけど、林檎とイチゴとスイカを一緒に食べると、メロンの味がするんだって」

買ってもらったばかりのスマホの受話スピーカーから零れる萌の声のトーンが上がった気がした。

「な訳ないじゃん。萌ちゃんって美奈って子と智香って子と本当に友達なの？」

「えー友達だよ」

「萌ちゃんがド天然だから揶揄われているんじゃない？」

「えーそうなのかな？　日向くんってそう言えば３組の高遠さんとは幼馴染《おさななじみ》なの？」

「あー腐れ縁ってヤツだよ。家が３軒隣で、親同士も仲良くて赤ちゃんの頃からどっちかの家にいた感じ。女の子と話すのは得意じゃないんだけど、麗だけは別かな。だって女の子じゃないから」

「……女の子だよ。しかもすごく綺麗な子。高遠さんファン多いんだよ！　もしかして……高遠さん、日向くんの事好きだったりしたりして？」

少し不安そうな声に聞こえなくもなかったが、日向は全力で萌からの疑惑を否定する。

「それはナイナイ！　麗は男に興味ないんじゃないかな？」

「そうかなー。私嫉妬されちゃうかも」

日向と萌の関係は、形式上は付き合っているが、何の進展もない中学生の恋の延長のようなものだった。土日は彼女が習い事をしているため、会えるのはほとんど学校だけ。その学校でも人気者の彼女は一人になる機会が本当に少ない。電話も遅くにはできないし、人と電話をするのは最長20分のルールが彼女の母親から決められていた。

学園祭

彼女は学校一の人気者。不釣り合いさに引け目を感じていた日向は、付き合っている事を何となく周りには秘密にしていた。

カワケンとフーヤンの親友二人にも秘密だった。

萌は彼氏がいる事は仲の良い三村智香にだけは話したみたいだったが、その相手が日向という事実は秘密にしてもらっていた。公になり過ぎると面倒臭いからと、彼女に他の人に話すのは止めておいてほしいと日向からお願いしていたのだ。

萌は関係ないからと言っていたが、どうしてもってことでお願いして萌に無理やり納得してもらった。

萌とのやり取りの時間は休み時間か、概《おおむ》ね萌の部活が終わった放課後か夜が中心だった。暇があれば電話をするし、授業中もどうしても伝えたい事があったら、前の席なのでノートを破って隠れて見つからないように手紙を渡した。これは見られる危険性があったので本当の緊急時だけだった。

せめて学校の行き帰りくらい、ごくたまにでいいので一緒に帰りたかった。だがそれは叶わなかった。萌は生粋のお嬢様なので、毎日学校の前までお母さんが車で送り迎えをしている。それについて日向が聞くと、お嬢様ではないことと、母親が極度の心配性だからと付け加えた。

車まで見送った時、萌の母親は日向に素っ気なく一礼はしてくれたが、それは杓子定規な挨拶に感じた。大事な箱入り娘についた悪い虫だと思われたかもしれないと日向は心配になった。

休み時間になると人気者の彼女の周りには人だかりができる。萌は視線をたまに日向の方にくれる。話せないもどかしさがありながらも、日向は萌と付き合えている現実に小さな幸せも感じていた。

気になる事と言えば、萌が激しい体育の授業は必ず見学していることだった。それについて日向が聞くと、中学の時に体を壊してから激しい運動はできないんだと寂しそうな顔をした。

気まずい空気になりかけたのでそれ以上、日向は詮索するのをやめた。車での送り迎えと関係があるのかもとその話はそれから心の中に仕舞った。

常盤南高等学校は県内随一の進学校という事もあり、3年生に合わせるように学園祭も体育祭も1学期に開催される。2学期以降は受験に専念できるようにという配慮のようだ。

学園祭がゴールデンウィーク明けの5月末。体育祭は真夏の7月に開催と、1学期に行事が詰め込まれている。

学園祭ではクラス単位での催し物を協議しながら決める。お化け屋敷、カフェ等色々なブースが学校内あちこちに出される。変わったブースも毎年出てくる。例えばお笑い劇場などはその顕著な例だ。もちろん素人のお笑いはクスリともできるものではなく、出演者の中には勢いだけの体を張る芸で頑張る者もいるがパッとはしない。開始早々ほとんど客が入らず、閑散となった教室で演者だけが一生懸命漫才やコントをする地獄絵図が見られる。

担当を分け、クラス全員で協力する行事なので、1年生は色々な中学からの集合体であっても、この学園祭で一気に仲良くなるのだ。常盤南高校では、5月の学園祭が終わる頃には何処もかしこもカップルだらけになる。

さらに7月の体育祭でも応援団とチアリーディングを男子、女子の中から立候補で決める。ここでも目立つ男子や女子への告白合戦が繰り広げられるのだ。

これをカップル学期と常盤南では呼んでいた。

逆に1学期に行事を詰め込んだ結果、カップルだらけという事象に進学校として大丈夫かと他校の生徒や保護者からは思われていたが、どういうことか夏休みが明けるとほとんどのカップルが別れている。

離婚の1位の原因は性格の不一致だが、別れるカップルも同じような理由なのだろう。学園祭や体育祭で盛り上がって付き合ったはいいものの、お互いの本質を見逃しているのだ。その結果が大量カップル成立、夏休み明けの大量カップルお別れ現象を引き起こす。

2学期からはほとんどの子が学業に専念できる。これこそ常盤南高校の学校側の戦略なのかもしれない。

ミス常盤南

学園祭と言えば、定番のミスター、ミス常盤南高校コンテストが開催される。

ゴールデンウィーク明けには、男性陣も女性陣もどの子がカッコイイかや可愛いかのチェックはすでに終わっているので、今年のミスは絶対この子だとかの噂が学校中に蔓延する。

今年のミスは2年、3年を押さえて1年生が優勝するのではと予想が激論されていた。そう、その対象が桜井萌と高遠麗だった。桜井萌が〝可愛い綺麗〟で可愛いが勝っているなら、高遠麗は〝綺麗可愛い〟で綺麗が勝っている。どちらも街ですれ違う誰もが必ず振り返るほどの美少女だって事だ。

同学年だけでなく、上級生も休み時間になると桜井萌と高遠麗をこぞって教室に見に来るほど大人気だった。

その都度日向の機嫌は悪くなる。自分の彼女が品評会の品物みたいにジロジロ見られて気分の良い彼氏など世の中に存在しない。品定めをする先輩達や同級生達に心底辟易していた。

1年3組の高遠麗、1年4組の桜井萌は1年だけでなく、2、3年生の男子生徒にもかなり人気があった。ゴールデンウィークを待つまでもなくスポーツ部の目立った新入生や先輩が、高遠麗や桜井萌に告白をしたという噂を多く耳にした。だが、イケメンの先輩も、サッカー部のキャプテンも誰一人、成功したとは聞かなかった。彼氏がいるから告白しても難しいという噂もゴールデンウィーク明けには早くもチラホラ出だした。

意識せずともそんな噂が日向の耳にも毎日のように届いていた。その事実を直接萌に確認する勇気は日向にはなかった。心配させないように萌も日向には何も伝えなかった。日向はこれから始まる学園祭、体育祭での萌のモテぶりを目の当たりにする事が心配でもあり、憂鬱でもあった。

担任の山下はホームルームの時間にその話題を切り出した。教壇の上でクラス中を見渡す。頭を掻きながら、毎年の行事なんだよねと少し気怠そうに司会進行する。生徒達は山下の発言の途中からざわつきが収まらない。それはそうだ。高校生になって初めての行事。それが学園祭であれば否が応でもクラス中が盛り上がる。

「もうすぐ学園祭だけど、1年4組の出し物は何にするかを今から話し合ってもらいます。今日が5月7日だから、5月27日まで後20日間です。今日出し物を決めて、明日から準備に取り掛からないと間に合わないと思うので頑張って決めるように」

騒がしい教室中を見渡す。

「はーい先生」

「澤村！」

手を挙げた生徒を指した。

「お化け屋敷やろうぜ！」

席を立ち、みんなを鼓舞するように大声で叫んだ澤村に反対意見が連発する。

「嫌だ！　面倒くさい」

「メイク大変じゃね？」

代わりの意見があちこちで出だす。

「私クレープ屋さんやりたい！」

「じゃあ、縁日みたいにチョコバナナも売ろーよ」

「いーねー」

教室のあちこちから色々な意見が発言される。頃合いを見計らったように、

「はいはーい。埒《らち》があかないので、議長をまず決めます。その議長が司会進行して行ってください。投票制にするも良し、全員で話し合って決めるも良し。先生は一切口を出さないので自分達で決めてください」

そう言い終えると担任の山下は教壇を降りる。隣の椅子に腰かけ、他人事のように生徒の様子を今度は興味深く観察し始めた。

「議長どう決める？」

大きな第一声はやはりカワケンこと川村健二だった。小中野球部でずっとキャプテンを務めてきたカワケンは、生まれ持ってのリーダーシップに恵まれている。短髪に色黒で濃い眉毛にしっかり彫りの深い顔。野球で鍛えた体は良い具合に引き締まっていて、スタイル含めイケメンと女子の間でも人気男子だった。

カワケン、日向、フーヤンの中では容姿に加え、自ずと目立ってしまう性格も加味し断トツにモテるのがカワケンだった。

「じゃあ、フーヤン議長やれよ！」

目立つ事は好きだが、実際面倒な事はあまりやりたがらない。このパターンは小学校から変わらない。福山凛太郎は、文句も言わず何食わぬ顔で壇上まで上がると、

「では、議長をさせていただきます福山です。司会進行サポートに女性一名、書記に一名立候補お願いしたいんだけど、誰かいますか？」

こういう場合、女子も目立つ子が優等生を指名する流れになる。チアリーディング部の的場琴美が、手を挙げて、

「では司会進行サポートは豊野さんが良いと思います。で、書記はやはり字が上手い山下先生にやってもらいましょう！」

議事進行を放棄していたやる気のない担任を書記として指名するドSな的場琴美。生徒全員で同調する。

「さんせーい」

その声に渋々チョークを持って黒板の前に立ち直す担任の山下。的場琴美に指名された優等生タイプの豊野美優もこういう事に慣れているのかスッと立ち上がるとフーヤンの隣に並んだ。やはり目立つ女子も優等生な女子も自分達の役割をしっかりと分かっているんだなと日向は変に感心していた。

催し物

「では、1年4組の催し物を決めたいと思います」

フーヤンが司会をそつなく進める。

「まずは意見がある人、手を挙げてください」

豊野美優もフーヤンとはニュースを読むアナウンサーコンビのような上手い間の取り方をする。眼鏡を一度上げ、結っている髪を片方の肩に置きなおす。

「はーい！　お化け屋敷」

「はーい！　カフェがやりたいです」

そこから色々な意見が出た。その意見の都度、黒板に担任の山下が丁寧な字でその候補の名前を書く。いくつか候補が出たところで、

「では、さっそく何をやるかを多数決で決めたいと思います。何をやるかが決まった後は、役割分担を決めたいと思います」

慣れた感じで議事をスムーズに進める。涼しげな顔で淡々と司会進行をこなすフーヤン。豊野さんとは名コンビだなと日向は心の中で思った。さらにあの二人お似合いだなとも思って一人でクスッと笑ってしまう。

萌が振り返り、

「どうしたの？　佐藤君」

学校では付き合っている事を内緒にしてもらっていたので、いつもの日向くんではなく、佐藤君で呼んでいた。

「あ、ごめん。何でもない。あの二人ちょっとお似合いだなって思って」

「私もそう思うよ」

と相変わらず破壊力抜群の微笑みを日向に向ける。可愛過ぎて悶絶しそうになる。前に向き直した萌の後ろ姿も魅力的に見える。二人は形式上、付き合って一ケ月近く経つが、一番近くに居る事ができるのが教室だった。奥手な日向だけにもちろんまだ手すら繋いだ事もなかった。

日向が萌の笑顔に心を鷲掴みにされ、ボーッと見惚れている間にどうやら出し物が決定したみたいだ。

「えー、今年度の1年4組の催し物はコーヒーカップ&カフェに決まりました。ただし、メリーゴーランド風のコーヒーカップでーす」

豊野美優が大声で発表した。クラス中拍手で盛り上がっている。日向は置いてきぼりをくらうはめになる。何をやるにも基本自分は目立つ役割ではないので、他人事と油断してあまり聞いていなかった。

「では、男子で当日のメリーゴーランドを回す体力担当のメンバーを募集します。他にコーヒーカップのデザイン制作担当と回す軸含めた機材の製作のメンバーに分けます。後のメンバーはここでしか作れないメニューの開発担当と制服デザイン担当、当日の調理担当、ウェイター、ウェイトレスさんとしてお客様への配膳係と分けさせてもらいます」

桜井萌は当日必ず看板娘になるからウェイトレスがいいとか、ミスコンテストに出なければいけないからウェイトレスからは外した方がいいとか、女子の中でも意見が分かれていた。

ちなみにミスター、ミスコンテストは、出場者も推薦投票があり、その推薦投票が30票ないと出場できないのだが、桜井萌は中間集計ですでに140票という今までの記録を大幅に更新していた。そこに続いて高遠麗も130票で2位となっていた。これはこれで3組、4組の代理戦争のような変な盛り上がり方をしていた。4組女子達は絶対桜井萌をミス常盤南高にしたがっていたが本人は全く乗り気ではなかった。

当の本人はミスとかの称号に全く関心がないらしく、出場を辞退したいとずっと日向には言っていた。辞退を申し入れる事はできるので、本人は必ず当日辞退の意志を提出すると日向に伝えていた。日向もこれ以上手の届かない存在の美少女が自分の彼女とバレた時の学校中のブーイングを想像するだけで恐ろしかった。

結果、桜井萌は当日フリーにするためにメニュー開発担当になった。カワケンと日向は当日の運営係。フーヤンは機材製作係に落ち着いた。ちなみにメリーゴーランド風コーヒーカップは手作りの押し車を４ヶ所に固定し、人間の力で一生懸命押し続ける。すなわち人力で回転させるアナログなアミューズメントである。ということは、一日中交替で押し続けるカワケン達は肉体が資本みたいなものだ。クラスの男子15人ということは、４組のほとんどの男子がそこに重複して割り当てられた。細身だが、高校1年生の春で日向の身長は１７５センチまで成長していた。比較的後ろの方だったから順当と言えば順当だったが、体重は60キロを切るくらい痩せていたのでクラスの男子からも大丈夫かと不安視もされた。

そこから毎日放課後、班に分かれて活動した。カワケンと日向は当日の体力担当班なので、暇を持て余す。横目で萌や澤村達のカフェのメニュー開発部隊を覗いてみたり、衣装製作部隊のデザインのどれがいいかなどの意見を求められたり、結果、フーヤンの製作を手伝ったりしながら当日を迎えた。

学園祭当日

5月27日、日曜日当日の朝を迎える。前日の雨も上がり、澄み切った快晴の空が常盤南高の学園祭の開催を祝福しているようだった。

花門は彩られ、9時から学校開放が行われた。吹奏楽部の演奏で幕が切って落とされる。この学園祭は普段は入れない保護者や地域の人にも開放される。

もちろん、近隣の高校生や中学生も訪れるので常盤南高校は年間で一番の賑わいになる。活気溢れる学園祭が演奏と同時に花火の音で幕を開けた。

今年で最後の3年生全員が中庭に集合し、吹奏楽部の甲子園で流行った応援歌で盛り上がる。演奏に合わせて、合唱しながら踊って学園祭を大いに盛り上げるのだ。

一般客や保護者は校門に設置された受付机でリストに名前を書いてから入場する。なごやかな雰囲気で学園祭はスタートしたが、開始早々事件は起きる。教室で待機していた日向やカワケンのところにそのニュースは飛び込んできた。

「磯部工業の男子生徒達がウチの女子生徒にちょっかい出している。ウチの可愛い女子に片っ端から声をかけて群がっているらしいぞ」

日向は瞬間的にすぐ教室を飛び出した。ちょっかいを出されている場所も聞かず、その生徒が来た方向に全力で走り出した。

「日向！　おい！　どこ行くんだ？」

日向を呼ぶカワケンの声が遠くなっていく。カワケンはフーヤンに、

「悪いけど、ここ任せたわ。ちょっと心配だから行ってくる」

フーヤンもまたかやれやれという顔をする。もちろん日向が心配なのは一緒だから指でＯＫのサインを返す。二人がよく理解できなかったのは、平和主義者の日向がなぜ揉め事と聞いて一番に飛び出して行ったのかである。

訳も分からないままカワケンは全速力で走って消えた日向の後を追う。日向は中庭まで一気に走ると人だかりに体ごと突っ込んだ。

キャーという野次馬の喚声と共に日向の体は輪の中心に向かって転がった。

顔を上げると、すでに体育教師を中心に先生達が、磯部工業の生徒達との間に割って入っていた。

声をかけられている女子生徒の中には萌は発見できない。早とちりと気が付くと何だか無性に恥ずかしくなった。

「君達は風紀を乱すから校舎内の立ち入り禁止を命ずる。今すぐ出て行きなさい！出て行かないなら警察と君達の学校に連絡する事になるがどうする？」

凄む体育教師の言葉に、不服そうな態度でゾロゾロと校門を後にする磯部工業の男子生徒達。しばらくすると体育教師に向けて拍手が沸き起こった。

「ところで、佐藤どうした？　何でお前そんなところで転がってんだ？」

担任の山下が砂だらけの日向に手を差し伸べた。手を引っ張られ起こされると、

「いえ、何でもありません」

下を向いて答える。

「そっか、なら良かったけど、制服が汚れてるから体操着にでも着替えろよ」

「あ、はい」


そこへカワケンが遅れてやって来た。野次馬化した生徒の群れの中を掻き分け、

「つうか、どうしたの日向？」

自分の制服の汚れを払いながら左右を見渡し返答に困った。

「いや、何でもない。ちょっとね……」

カワケンは日向のあやふやな回答に対し、何か閃いたような苛《いじ》めっ子の表情に変化する。

「あ、もしかしてウチのクラスの桜井が絡まれたとか思っちゃった訳？」

図星過ぎて動揺を隠せない。カワケンに弱みを握られる。

「そっか、そっかー。それが理由ならあれだけ血相変えて行く訳だなー。喧嘩なんてした事のないお前が行って何の役に立つか疑問だが、そっかーそっかー。お前さては、桜井萌に惚れたか？」

実際は付き合っているが誰にも言っていない。その手前、カワケンの突っ込みに対しても笑って誤魔化すしかない。まず正直に付き合っているとカワケンやフーヤンに白状したとしても、絶対に一発で信じることはないだろう。

そんな見栄はやめておけや、とうとう妄想癖《もうそうへき》がそのレベルまできたかと言われて終わりだ。

「桜井萌はやめておけ！　ありゃレベルが違い過ぎる。絶対原宿や渋谷でスカウトされて芸能界にデビューする器だわ。日向レベルだと振られるのがオチだって。この常盤南高一イケメンと噂される俺ですら手に負えないレベルだわ。きっと火傷《やけど》する」

カワケンが親切心で言ってくれているのはありがたいが、萌の事は日向の方が良く知っている。

「別に桜井さんを捜しに来た訳じゃないから！　確かに桜井さんはめちゃくちゃ可愛くて綺麗だけど、それより性格の良さの方が素敵だと僕は思ってる」

日向はまんまとカワケンの術中に嵌《はま》り、萌のことをどう思っているかを墓穴を掘って自白してしまう。

「やっぱり好きってことじゃん！」

カワケンのお節介

思いっきり背中を引っぱたかれる。真実を当てられ焦っているからか背中を叩かれた痛みは感じない。気恥ずかしさを誤魔化すように、話題を変える。

「違うよ。それより、戻らないと怒られるよ。クラスのみんなに」

腹を抱えて笑うカワケンを置いてスタスタと教室の方向に歩いて行く。茶化しながら、カワケンが口笛を吹いて日向の後を付いてくる。

一回、その口笛が迷惑だと言わんばかりの顔で振り返っておくが効果は全くない。日向のキレた表情に気が付いても気にする素振りを全く見せない。それはそうだ。小学校の野球チームからの長い付き合いの三人は、気心知れた親友でもある。親友ゆえに色々なことをお互いが知っている。フーヤンにこのことを早く言いたくて仕方ないみたいだ。

この一ケ月ちょい、ひた隠しにした秘密が悪友のせいで綻びつつある。歩いている間も何度もちょっかいをかけてくるが、あえて日向は無視を決め込む。

「ひーなーた。ひなたってばー」

悪ノリがどんどん激しくなるが、一向に気にしない。こういうところは昔からのカワケンの悪い癖だと日向は思っている。その瞬間、思いがけない助っ人が現れた。日向は心底助かったと感謝する。

「あの、川村君ですよね？　白山女子の天根莉子って言います。良かったら少しお時間ありませんか？」

白山女子のグレーの制服を着た少し派手目の女の子達に一気に囲まれた。カワケンのファンのようだ。天根って子の友達だか何だか知らないが日向にとっては弱みを握られた直後だったのでありがたい助け船だった。カワケンが女子に囲まれているのを良いことに、チャンスとばかりにこっそりと一気に階段を駆け上がる。

「あ、待て！　ひなたー。待てってばー」

女子に囲まれ、かなり鼻の下を伸ばしてデレデレしながら叫ばれてもと日向は思った。本気で自分を呼び止めようとしているのかは疑わしかった。日向は、カワケンを首尾よく振り切る。カワケンの変な詮索がなくなった事で急に心が軽くなった。とは言え一時の事で、後での厳しい追及は免れないとも覚悟している。

この間に萌を捜さなきゃとスマホで連絡するが、一向に既読にならない。変な奴らが学校内をうろついているから気をつけるように伝えなきゃという使命感だけが日向を動かす。廊下を小走りに、2年、3年の教室を回ったが、萌と中々出会えない。それどころか、ずっと既読にすらならないのだ。友達の智香が学園祭実行委員なので何か雑用に駆り出されているのかもしれない。

ただ、あれだけ可愛い萌なら目立って他校の男子生徒にアプローチされることも容易に想像できた。色々なことを想定していなきゃと反省する。しかしかなり迂闊だった。油断した自分がアホだった。萌の側《そば》を離れちゃいけなかった。日向は自分を責めた。

そんな日向も中学時代、決してモテなかった訳ではない。顔はあっさりした塩顔だねとよく言われた。面と向かっての告白はされた事はないが、ラブレターは何度かもらった事がある。シュッとしているねだとか目に芯が宿っていると褒められる事もある。バレンタインだって毎年、幼馴染の高遠麗を含めると2つくらいはもらっていた。

ただ、中学時代は誰も彼女というカテゴリーには属してはいない。日向自身も女の子と話すのはそんなに得意でも、好きな訳でもないので接点も多くない。このまま人を好きになる事がないまま一生を終えてしまうのではと自分でも心配になった事もある。

日向が告白されなかったのには実は理由があった。

日向だけが知らなかったが、学校では日向は高遠麗と付き合っていると全員に思われていたからだ。子供の頃から仲が良く、女性として意識をしたことは一度もなかったが、その仲の良さが仇《あだ》となった。

家がすぐ近所で帰る方向も一緒だったので、たまに麗の部活帰りと一緒になり、家路まで話しながら並んで歩くこともあった。それを見た生徒がまた勘違いの噂を流していた。

高遠麗側も日向には全く興味がない同じ気持ちだと、日向はずっと今でもそう思っている。他の女子の前だと本領を発揮できない日向も麗の前だけは違った。女子には○○さんときちんと付けるが、麗に対しては呼び捨てだった。

ある事件もその噂に拍車をかけた。そういう部分も中学生というコミュニティでは、付き合っているという誤解を生じさせたのかもしれない。

それに、日向は中学時代は陸上部の長距離選手だったので毎日毎日家から30分走って学校に通っていた。もちろん帰りも走って帰っていたので、付いたあだ名が「マラソンバカ」だった。少し変わった彼女持ちの噂のある「マラソンバカ」を彼女から奪おうと積極的に好きになってくれる子など存在しなかった。

美術室

萌を捜して第3校舎を走り過ぎようとした時に声をかけられた。振り返るとそこに捜していた萌が美術道具と本を数冊、持って立っていた。

「日向くん！」

日向はすぐ萌の手から本を奪い取るように持つと、

「どうしたの？　この本」

「あ、ありがとう。何かこの間参考にしたから美術室に返しといてくれって化学の染谷先生が。あれ？　日向くん、背中とズボン汚れてるよ。どうかしたの？」

「あ、これ、何でもない」

笑って誤魔化しながら汚れを手で払う。

「こんなにもたくさんの本を持たせるなんて染谷先生酷くない？」

顔だけ萌に向けると少し唇を尖らせた。染谷への怒りだ。化学の染谷はベテランの教師で、ヒステリックボムのあだ名を生徒達に付けられている。わざと萌に意地悪をしたんじゃないか？　と日向も勘繰りたくなった。顧問でもないのに美術道具と本を両手に乗せて、後はよろしく、だとそう思われても仕方ない。

「メッセージ送ったけど、既読にならないから」

日向が独り言のように萌の横でボソッと呟いた。萌は慌ててスマホを確認する。

「ごめん。ずっと化学室の備品整理を染谷先生に捕まって一緒にやらされていて。最後、職員室にある美術道具と本を取りに来てって頼まれてね」

日向はますます染谷に腹が立ってきた。この時間どれだけ心配した事か。実際は杞憂で良かったが、萌が他校の男子生徒に声をかけられる可能性は限りなく100％に近いのだ。と同時に、冷静に考えると、その時間悪い虫が付かないようにある意味萌を守ってくれていた染谷に感謝をした方が良いのでは？　という考えにも至った。

「ジャーン！　美術室の鍵を借りてきちゃったー。普段だと鍵は部長と顧問の管理だから一般部員の私は触れられないの。しかも部室にはいつも誰かいるけど、今日は誰もいないから」

鍵をゆらゆらと目の前で揺らす萌。

「ん？　どういう意味？」

「日向くん。私ね、美術室でどうしてもしたい事があるの」

〝今日は誰もいないから〟に続く、ドキッとする思いがけない萌の告白に、日向は生唾をゴクリと飲み込んだ。

ど、ど、どうしよう。学園祭の日に鍵がかかった美術室でファーストキス？　で、で、できるのか？　そんな事が……と日向の目は泳ぎまくるわ、心臓はバクバク自分にまで聞こえるわ、自分勝手な妄想で急にソワソワし始めた。本を運びながら、何だか落ち着かない。萌との会話も先ほどの言葉から急に支離滅裂な返事しかできなくなった。日向らしいと言えば日向らしい。

日向は同時にある疑問が脳裏に浮かんだ。よからぬ妄想だった。

萌ちゃんは、キスをした事があるのだろうか？　あると考えるだけで、胸が一気に締め付けられる。〝ない〟と無理矢理、楽観的にも考えられるが、本当にそれはただの自分の願望だけではないのか？　先ほどにも増して、呼吸ができないくらい胸が苦しくなった。これを勝手なネガティブ妄想というのであろう。

「どうしたの？　日向くん大丈夫？」

萌が心配して訊いてくるが、何だか日向は上の空だ。そうしている間に、美術室の前に到着する。萌はスカートのポケットからもう一度鍵を取り出すと、鍵穴に一気に差し込んだ。180度回転させると、右へドアをスライドさせた。ガラガラと音を立てて扉が開いた。

「ごめんね日向くん重かったでしょ？　そこに置いて！」

日向は言われるがまま本を大きな机の上にドスンと置いた。ここまで本を運んだ大変さとかとは無関係に萌の発言で手も背中も汗でビッショリになっていた。違った意味の疲労感が日向を襲う。額から伝う汗を右の手の甲で拭き、話題を変えるように萌に訊いた。

「この本どこに入れればいいの？」

精一杯言葉を振り絞る日向に対し、屈託のない天使のような笑顔で、

「日向くんは頑張ってくれたからそこで休んでて」

萌はリストを見ながら参考書として並んでいる本を整理し、本棚に戻していく。

日向は先ほどの笑顔を見て気が付いた。萌は目全体に対して黒目が占める面積が赤ちゃんのように大きいのだ。だからこんなにも愛くるしい笑顔になるんだと確信した。

日向は自分自身で制御できない変な汗をかいているのに気が付く。萌といるとそういう汗をかくことが多い。背中が汗で冷たい。自分で気が付くほど汗をかいていた。まさかそんなことは、いきなりはないと思うが、そんなことはないこともない。

キスという妄想ワードでずっと気持ちが落ち着かない。目で萌の作業を追って何

とか精神を統一させようとするが逆に全く効果がない。女っ気と縁のなかった日向にとってはここでキスをすることになろうものなら人生の一大事なのだ。萌は作業が終わると、優しい表情で日向の前に小さくジャンプする。

いたずら

「お待たせ！」

その別次元の可愛さに先ほどのキスの心配とは別の理由で息ができなくなるんじゃないかとさえ思った。真夏のソフトクリームのように溶けてしまいそうな破壊力抜群の笑顔。

「あのね……」

再び生唾を飲み込んだ。どうしよう。それが日向の率直な気持ちだった。

「私、自分の名前を学校のどこかにコッソリ残したいんだ」

「……」

そう言い終えると悪戯っ子ぽい笑みを浮かべる。思いっ切り肩透かしを食らった格好になったが、それはそれで何の心の準備もなかったので正直助かった。

ホッとした自分がいた。日向は萌の笑顔に満たされ、心の中が穏やかな気持ちで一杯になっていく。

「で、どうするの？」

落ち着きを取り戻した日向は萌が具体的に何をしたいのかを訊いてみた。

「あのね、ここに絵を描くのに参考にする小さな本棚があるんだけど、その中で全く使われていない本に名前を書こうかなと思ってる」

「ふーん、なるほど」

日向はどうして萌がそんな子供じみた事をやりたいのかは分からなかったが、萌の願いを叶えてあげたくなった。

「でね、私だけの名前だと不安だから、ねえ、日向くん。日向くんも一緒に名前を書いてくれない？　共犯者ね？」

「あっ、え、うん」

そう言った萌の顔は、美術室の窓から入り込む太陽を反射し、目を開けていられないほどキラキラしていて眩しかった。

「ちなみにどの本にするか決めてるの？」

日向はもう一度疑問を投げかけた。口元を緩め、

「うん。私すごく好きな花があるんだ。この間向日葵《ひまわり》の写真集見つけたからそれにしようと思っているの。それに全然使われてないから名前を書くのに好都合なんだ！　その最後のページに名前を書こうかなと思ってる」

「分かった。じゃあ、僕も協力するよ」

「本当にいいの？」

「うん。萌ちゃんと共犯なら」

萌は嬉しそうに立ち上がると、美術室の小さな棚が並ぶ奥の方までその本を取り

に向かった。日向は大きく深く息を吐くと、早とちりして勘違いした自分が少し恥ずかしくなった。冷静に考えると、まだ手も繋いだ事もないのに、自分の浅はかさで耳まで赤くなる。

しばらくすると、「これこれ」の声と共に右手に向日葵の写真集を持って萌が嬉しそうに戻ってくる。左手にはどこから手に入れてきたのかマジックを持っている。日向の前まで来ると、

「はい。日向くん。先に書いて」

と最終ページを開いた。最終見開きページにも向日葵畑の写真が載っている。左上に真っ青な澄み切った空が写る、向日葵とのコントラストが素敵な写真だ。芸術作品を汚すようで名前を書くのを躊躇していたが、

「日向くん、フルネームね！」

「え？」

意外にサディスティックな萌の提案に声が漏れた。

「フルネーム？」

萌を見返す。何だか困った日向を見て楽しんでいる様子だ。

「うん。フルネームで書いてくれなきゃ意味がないんだ」

仕方なく左の上に〝佐藤日向〟と書き込んだ。それを開いたまま萌に手渡す。

「ありがとう！」

萌は嬉しそうに受け取ると、何やらマジックで付け足している。書き終えると、後ろに写真集を隠して、一気に日向の前に披露した。

「じゃーん」

少し照れくさそうな顔が写真集の向こうにあった。カメラのピントを合わせるようにまずは向日葵の写真集に目をやった。そこには佐藤日向の横に、萌と書かれ、相合傘とその上にハートマークが書かれていた。今度は後ろにシャッターの照準を合わす。視線を萌に移すと、

「ね、佐藤日向と萌はずっと一緒だね」

「萌ちゃん、苗字書いてないじゃん！」

「私の苗字も日向くんの苗字だよ。だから書いてないんだよ」

日向はその言葉が嬉しすぎて窓を開けて大声で叫びたくなった。桜井萌は僕の彼女だと……。

「日向くん、一つ訊いてもいい？　このまま私達のこと秘密にしたままなの？」

「あ、いや……」

急に思いがけない質問が飛んできた。少し寂しそうな表情で萌に訊かれたので慌てて答えた。

「萌ちゃんは僕なんかが彼氏で恥ずかしくない？」

萌は日向のそんな言葉に少しだけ寂しそうで怒った表情になった。そして日向側に体を向けて前に出た。

「何でそんなこと言うの？　私には日向くんしかいないよ。だから付き合ってるのを言えないのがすごく辛い。そんなに私と付き合ってることを言うのが嫌？」

「……」

日向には萌が今にも泣き出しそうな顔に映った。

「違うよ！　そんな訳ないじゃん！　僕が言えないのは……僕に自信がないんだ。萌ちゃんほどの子が僕の彼女だって未だに信じられないんだ。僕は今まで女の子と付き合ったこともないから、どうしていいかも分かんないし。みんなに知れ渡ったら……」

日向は嬉しい反面、苦しい胸の内を萌に吐露《とろ》した。

「日向くん、向日葵の花言葉って知ってる？　〝変わらぬ想い〟なんだよ。だからこの本にしたんだ」

「……〝変わらぬ想い〟って花言葉、素敵だね」

萌は先ほどまでの悲しそうな表情から一転して日向を見つめて嬉しそうに伝えた。

日向は首を縦に振る。

「ごめんね。僕、萌ちゃんの彼氏として頑張るよ」

日向は萌に謝るように優しく決意を伝えた。

「頑張らなくていいんだよ。私は今の日向くんがいいんだ。じゃあ、親友の智香には言いたいんだ。いいかな？」

「うん、もちろん」

頑張らなくていいんだよの萌の言葉に救われる。とにかくすごく嬉しそうだ。

幼馴染

「いいも悪いも、僕だってカワケンとフーヤンには言いたかったから、ようやくスッキリするけど、二人に袋叩きされるわ」

頭を掻きながら日向も照れ笑いする。

「何で？」

「それは桜井萌がめちゃくちゃ可愛いからです」

「日向くんに言われると嬉しいです」

幸せな時間が流れていたが、その瞬間美術室のドアが開いた。

萌はアッという顔を日向に見せる。

萌は先ほどドアを閉めた時に鍵をかけ忘れていたみたいだった。美術部の顧問の近藤先生が参考資料を持って立っていた。

「あれ？　お前ら学園祭は？」

慌てて落書きした向日葵の写真集を閉じる。

「化学の染谷先生に本を美術室に返すように言われまして」

萌が染谷の名前を出して、その場を取り繕った。顧問の近藤先生は怪しむ様子もなく、

「鍵も預かっているか？」

と訊いてきたので、

「はい。これです」

机の端に置いてあった鍵を近藤先生に手渡す。向日葵の写真集を元あった場所に置きなおして、二人で美術室を後にした。

「ごめん日向くん、鍵かけ忘れちゃった」

小声で謝る萌がいつにも増してとても愛おしく思えた。

美術室から出て間もなく、萌はクラスメイトに見つかる。

「どこ行っていたの？　あれ？　佐藤君も一緒？」

「うん。染谷先生に本を持っていくのを佐藤君と一緒に言いつけられてね」

「あ、そう。行こ！　萌」

「うん」

そのまま萌は1年4組のクラスに腕を組まれ連れて行かれた。日向の方を少しだけ気にはしていたが、何度も振り返ると美術室での出来事を詮索されるので最小限に留めた。日向も萌を追って教室に向かう途中で麗に会った。

「よ！」

「…………」

なぜだか軽く無視される。今日の麗は特段不機嫌に見える。

「麗、ミスコン出るの？」

「さあ？」

「何その態度。感じ悪いな！」

「別に……日向は何の係なの？」

「メリーゴーランドを押す係」

「何それ？」

「何だよ。僕が何かした？」

「いや別に……」

「チェッ。じゃあ」

麗とは反対方面の教室を目指して歩き始めた。

「日向！」

麗に呼び止められる。何なんださっきから。用があるならちゃんと言えよと振り返る。

「何？」

「最近何か良いことあった？」

「何その質問？」

普段温厚な日向でも、意味なくこんな変な絡まれ方をしたら流石《さすが》にイラッとする。折角《せっかく》のさっきまでの萌との余韻が、麗のせいで水の泡だ。その反動で麗に冷たく当たってしまう。

「良いことがあろうがなかろうが、別に麗には関係ないよね？」

そう言い放つと麗の存在を無視してその場を後にした。

「ねえ、日向ってばー」

後ろで麗が何か言っていたが、もう気にしなかった。麗は年季の入ったキーホルダーをぎゅっと握ると寂しそうに日向の後ろ姿を目で見送った。

萌から10分ほど遅れて教室に着いた。すでにカワケンが汗をかきながら体力仕事に勤しんでいる。サボっていた日向に向かって、

「どこ行ってたんだ？　ホレ！　お前の番だよ」

コーヒーカップの手押しメリーゴーランドの人力担当として日向も交替で入る。コーヒーカップの横ではカフェが展開されている。

萌は当日着ないと思われていたウェイトレスの格好でカフェオレを運んだり、ケーキを運んだりしている。何を着ても似合うなと日向は惚れ直す。萌目当てで並んでいる男子生徒の列がすでに隣のクラスにまで達していた。入場制限がかかる。

実は萌はミスコンには出場しないと実行委員に伝えていたみたいだ。後で日向が聞いた話だと、麗も結局出場しなかったらしい。

今年の常盤南高のミスコンは1年二人の優勝候補が出場しないという盛り上がりに欠けるものになったらしい。

日向には萌が出ない理由がよく分からなかったが、ある意味ホッとした。これ以

上のライバルの出現は勘弁してほしかったからだ。

ミス常盤南高校という称号が萌についてしまうと、付き合っているのが大々的にバレた時に、あれがミス常盤南の彼氏？　嘘だろ？　と学校内だけでなく、ＳＮＳやネットでも叩かれるのではないかとまで危惧してしまうレベルだ。それほど桜井萌はアイドルレベルのオーラを纏った美少女なのだ。

第3章

まじりっ気のない

動揺

学園祭が終わった週の出来事だった。日向は絶対見たくなかった嫌な場面に出くわしてしまったのだ。それはサッカー部の先輩が渡り廊下で萌を呼び止めて告白しようとしている最悪の場面だった。今すぐ出て行って僕が彼氏なので止めてくださいと告白を止めたかったが、人の告白を邪魔するのも気が引けたし、萌がちゃんと断ってくれると信じていたから、その場が落ち着くまで出て行くのを躊躇してしまった。

「俺サッカー部3年の松田。俺の事知ってる?」

萌は困った顔でかぶりを振る。

「俺と付き合ってくれない?」

萌は深呼吸を一つ挟むと、

「すみません。私今付き合ってる人がいるのでごめんなさい」

そう告げ、その場をそそくさと後にした。日向を見つけると少し怒った表情で近づいてくる。日向はバツが悪そうにしている。近くまで来ると、

「ねえ！　日向くん、何で出てきてくれなかったの？」

「いや、何か……人の告白邪魔するのって悪いなーって」

「ふーん。じゃあ私がＯＫしてたらどうするの？」

「萌ちゃんを信じてたから」

「ずるいよ。罰として今週の土曜日、私に美味しいランチを食べさせて！」

「え？　土曜日会えるの？」

「うん。今週は習い事もないし、お母さんには美術部の写生実習って事にするから」

「え？　本当に？」

「うん本当に！」

「やったー！」

大声でジャンプして喜ぶ日向。体全体で喜びを表現する。遠くで恨めしそうに見ているサッカー部の松田のことを完全に忘れていた。これじゃあ、あの人が振られて自分が喜んでいるみたいでめちゃくちゃ性格の悪い奴じゃないかと日向は焦って、取り繕うように萌を連れて急いでその場を離れた。

「どこに行きたい？」

「日向くんとデートに行けるならどこでもいい。近場の公園でも、遠くの海でも。何でもいいんだ。一緒にいられるなら」

デートという響きが頭の中でぐるぐるする。

「うーん……どこがいいかなー？……」

「フフフッ……」

「えっとー、萌ちゃん何か食べたいものある？」

「パンケーキ食べてみたい！」

元気よく即答する。

「そう言えばテレビで流行ってるって言ってた」

「先週のブランチじゃない？　私も見たそれ！　そうなの、あのフワッフワにフォークでスーッとなる感覚味わってみたいんだー」

「ヨシ！　パンケーキは決まり！　他に行ってみたいところはない？」

「うーんそうだなー……水族館に行きたい！」

「えーっと、それだったらマリンパーク水族館だとどう？　電車の時間とか調べておくね」

「ありがとう日向くん」

「僕的に嬉しい罰なんだけど……」

「だって、私が日向くんとデートがしたいんだもん」

再び出たデートって響きだけで卒倒しそうになる。日向の心はパンケーキよりフワフワしていた。

天使

当日駅で待ち合わせした萌はまるで天使だった。麦わら帽子に白いTシャツとデニムのパンツルックにサンダル。佇まいが眩しく美しすぎて、日向は中々直視できない。

「萌ちゃんすごく……可愛い……ね」

「え？　日向くん声が小さくて聞こえない」

嬉しそうに訊き返す萌。

「あの……可愛いです」

「ありがとうございます。彼氏に褒められると嬉しいです！」

切符を買って各駅停車で目的地までゆっくりと向かうことにする。初めて休みの日に萌に会える嬉しさで、日向は前日から高揚が止まらなかった。目の前にいる芸能人レベルに可愛くて美しい少女が自分の彼女なんて本当に信じられない。電車に乗り込み並んで座る。

「ねえ日向くん。私日向くんとデートできてめちゃくちゃ嬉しいんだ」

「僕の方が100倍嬉しいよ」

「私の方が1000倍嬉しい！」

「僕の方が10000倍嬉しい！」

「ねえねえ、これってイタいカップルの会話じゃない？」

「だね！」

お互いを見合って大声で笑い合う。幸せな時間だ。

「何持ってきたの？」

「えっとね。水筒でしょ。お菓子でしょ。ハンカチでしょ。財布に日焼け止めにウェットティッシュに絆創膏とそれと化粧ポーチ！」

「え？　萌ちゃんお化粧してるの？」

「顔色を良く見せるファンデと少し色の付いたリップくらいだからしてるってほどじゃないよ」

「へーそうなんだ。全然わかんないや」

「男の子だもんね。でも私もメイクってレベルではないから」

口元から笑みが零れる。

「えっと、そうだ。前から訊きたいことがあったんだ……日向くんって相手に求める一番大事なものって何？」

「うーん……あんまりないかも」

「じゃあ強いて言えばでいいから考えて」

「うーん……強いて言えばだけど……嘘をつかない人かな……」

「そっか……なるほど……」

「萌ちゃんは？」

「尊敬できる人かな」

「え？　やばい」

慌てる日向に大丈夫のサインを手で作って送る萌。

目的の駅に到着すると、まずはテレビで紹介されていたパンケーキ屋を目指す。土曜日ってこんなにも人が多いのかと都会の人混みに二人とも圧倒されながら波を掻き分けるように進む。まるで不規則な蟻の行列が何重にも折り重なり、行ったり来たりを繰り返すようだ。

パンケーキ屋の看板が出てくる前に、その店に辿り着いたことが分かった。12時前というのに、もうすでに長蛇の列ができている。

「うわーっ、萌ちゃんどうする？」

「すごい並んでいるねぇ……日向くんどうする？」

「え？　もちろん並ぶっしょ？」

「そうだね。フワッフワのパンケーキ生地食べてみたいからいい？　並んでも？」

「もちろん！」

クシャッとした笑顔を萌に向ける。1時間ほど並ぶとウッディ調の店内に案内される。働いている店員さんもすごくお洒落に感じる。しばらくするとパンケーキが運ばれてくる。パンケーキと生クリームと苺が盛られたお皿が目の前に運ばれてきた瞬間、萌の表情がいつにも増してキラキラと輝いた。

パンケーキを食べ終え、会計をしようとする日向に、

「日向くん全部割り勘でお願い！　お金を全部出そうとしないでね！」

「でも」

「あのね。日向くんが無理してお金全部出して、そのせいで1回しか私達が会えなくなったら嫌なんだ。私が半分ちゃんと出せば日向くんと2回会えるでしょ？」

「そうだけど……」

「無理して1回になるんだったら、一緒に楽しめる回数が多い方がいいから必ず割り勘ね！　だって私1回でも多く日向くんに会いたいんだもん」

郵　便　は　が　き

（切手をお貼り下さい）

1 7 0-0 0 1 3

（受取人）

東京都豊島区東池袋3-9-7
東池袋織本ビル４F
㈱すばる舎　行

この度は、本書をお買い上げいただきまして誠にありがとうございました。お手数ですが、今後の出版の参考のために各項目にご記入のうえ、弊社までご返送ください。

お名前《ふりがな》	男・女	才
ご住所　〒		
ご職業	E-mail	
今後、新刊に関する情報、新企画へのアンケート、セミナー等のご案内を郵送またはＥメールでお送りさせていただいてもよろしいでしょうか？ □はい　□いいえ		

ご返送いただいた方の中から抽選で毎月３名様に
3,000円分の図書カードをプレゼントさせていただきます。

当選の発表はプレゼントの発送をもって代えさせていただきます。
※ご記入いただいた個人情報はプレゼントの発送以外に利用することはありません。
※本書へのご意見・ご感想に関しては、匿名にて広告等の文面に掲載させていただくことがございます。

◎タイトル：

◎書店名（ネット書店名）：

◎本書へのご意見・ご感想をお聞かせください。

ご協力ありがとうございました。

「うん。分かった。僕も同じだからそうする」
パンケーキ代を手渡す萌。もう一つの目的地のマリンパーク水族館に着いてから
チケットを手渡した際もチケット代をしっかり日向に渡す。
「これチケット代」
お金を受け取るたびに日向は萌に会釈をする。それに呼応するように萌も会釈を
する。はたから見ていると微笑ましい光景だ。
動線に沿って水族館内をキョロキョロと見渡しながら楽しそうに進んでいく二人。
神秘的に光るクラゲの水槽の前ですごいすごいを連発して、まるで小学生のように
はしゃぐ萌。日向も大きな水槽のサメを見つけるとサメの大きな口を模倣した大き
な両手で萌を襲う振りでおどけて見せる。萌も無邪気な日向に合わせて楽しそうに
笑い転げている。
「ねえ、ねえ、イルカショー始まるみたいだよ。急いで急いで」
手招きをして日向を急かす萌。ブルーの席に座ると間も無くイルカショーが始

まった。

まずは飼育員のお姉さんの指示通りにジャンプを繰り返す。途中で半回転ひねりや前宙返りを繰り返す2頭のツルツル皮膚のイルカ達。しばらくすると萌が呟いた。

「この狭い世界で同じ事の繰り返しのイルカさん達って退屈じゃないのかな？」

「うーんどうだろう？　少なくとも外敵に襲われる心配はないし、食事の心配はしなくていいからね」

「広い世界を知らないままここで一生を終えるって事だよね？」

「確かにそうだね……」

「でも……あの2頭のイルカって夫婦かな？」

「どうだろ？」

「お互い何かずっと戯《じゃ》れあってない？」

「確かにそう見えるし、気持ちよさそうに2頭で泳いでいるようには見えるけど」

「夫婦だったら素敵じゃない？　夫婦じゃないと狭い場所に閉じ込められて芸を教

えられて一生ジャンプし続けなきゃいけないって残酷だと思う。逆に好き同士の夫婦だったら何をやっていても一緒だから楽しいのかなーって」

「え？」

「だって好きな人と一緒だったらどんな世界でも何をやっていても楽しいから一生ジャンプし続けても苦じゃないなーって思ってしまったの」

「僕は萌ちゃんを一生楽しませるから大丈夫だよ！　それに子供もたくさんいて賑やかな家庭だよ、きっと」

「え？　日向くんもしかして今私にプロポーズしてくれてるの？」

「あっ……いや、あの……」

「えー否定しちゃうのー？　すごく凹むー」

「萌ちゃん揶揄うのやめてよー」

「日向くんってほんと素直な人だよね。じゃあプロポーズとして勝手に解釈して返事しちゃうね！」

「え？」

「はい。末永くよろしくお願いします」

そう告げるとスッと二人は手を繋いだ。

帰りの電車まで幸せな時間のオンパレードだった。駅で別れた後も夜メッセージでのやり取りを楽しんだ。二人の思い出が一つ増えた幸せな初デートだった。

作戦

以前、一度駐輪場で二人っきりになれた時にこんな話をした事がある。

「そう言えば萌ちゃんって将来何かなりたいものあるの？」

「え？　じゃあ日向くんは？」

「僕はまだ正直分からないんだ」

まだこの時点で何になりたいといった具体的な目標や夢が日向にはなかった。

「ただ、人の役に立てる仕事に就きたいと思っている。それがお医者さんなのか刑事さんなのか消防士さんなのかがまだ分からないんだ」

少し考えこむように伝えた。

「そっか……じゃあもし私が病気になったら治してね。もし誘拐されたら必ず助け出してね。もし、家が火事になったら火の中から助け出してね」

萌は嬉しそうに笑って畳みかけるようにお願いする。そして、一呼吸間があいた後に続けた。

「私はね……平凡だけどお嫁さん。ウエディングドレスを着てみたいなー」

意外な答えだった。成績優秀、芸能人レベルのビジュアル。明るく人見知りしない性格。それを考えたら、芸能界に入ってトップモデルや女優さんとか言うんじゃないかと日向は予想していた。でなくとも、定番だがキャビンアテンダントやお医者さんって言われるのかと少し身構えていた。正直肩透かしを食らった感じがした。

「お嫁さん？　萌ちゃんだったらモテモテだからなれるに決まってるじゃん」

誰もが憧れるが、すぐ手が届きそうな夢だとも思った。

「あ、日向くん、めっちゃ他人事！　そこは僕のお嫁さんにしてくれるんじゃないのー？」

自転車のハンドルを握る日向の半袖の袖を掴んで子供みたいに揺らした。拗《す》ねた様子で絡んでくる萌の姿がすごく愛おしく思えた。萌と付き合ってこの感情は何度目だろうか。デジャブのように頻繁に起きる現象だ。

「じゃあ、私そろそろお母さんが迎えに来てるから行かなきゃ！」

申し訳なさそうな顔をする。

「うん」

「じゃあ、後でまた連絡するね」

二人っきりになれた時間がおおよそ5分。萌は何度も振り向き日向にバイバイと大きく手を振る。母親と目が合いお互い一礼する。やはり好意的に受け入れてはもらえていない気がした。

付き合って……いや、付き合ったもどきのこの状況で、もうすぐ二ケ月近くが経過しようとしていた。日向は足早に車に向かう萌の後ろ姿を優しく見送った。

萌の誕生日は6月4日。今年のストロベリームーンを観測できる日が6月4日。

萌の誕生日と同じ日という奇跡が重なった。

どちらにしても日向にとっては一大行事だ。誕生日に萌を連れ出すのは難易度がかなり高い。なぜなら、生粋のお嬢様だからだ。とは言え、日向なりには、6月4日にまずは萌が喜んでくれる誕生日プレゼントを渡すと決めていた。そしてその夜抜け出して、萌が見たがっているストロベリームーンを一緒に見る計画を密かに立てていた。日向は彼女の望みを叶えると同時に萌の最高の笑顔を見るという自分の望みを叶えたい。その衝動に駆られていた。

誕生日は萌が生まれた一番大事な日。

考えるんだ。萌が喜んでくれる最高の誕生日プレゼントを。と昼夜問わず、ずっとその事だけを考え続けた。

空いている時間全てで萌の誕生日の事と夜こっそり抜け出す計画を練りに練った。彼女に喜んでもらえる演出とストロベリームーンを一緒に見る計画の事ばかりが日向の頭を巡る。

あまりにも考えすぎて夜寝不足になる。そうなると授業中寝落ちする時間が増えた。

寝息で日向が寝不足なのは萌にはバレバレだった。

『大丈夫?』のメッセージにもカラ元気で『大丈夫!』とすぐ返答した。

日向が調べたところ、今年のストロベリームーンが真ん丸に見える時間は21時過ぎ頃だそうだ。毎日送り迎え付きの萌とは当たり前だが今まで夜一緒に外出した事はない。先日の予定外の初デートが一番長く一緒にいられた時間だ。

その日は部活を休む萌に、とにかく4日の夕方のお迎えの時間前を少しと夜抜け出す約束だけ取り付けていた。

車で送迎付きの生粋の箱入り娘。その彼女を夜に家から連れ出すことが本当にできるのか？　作戦を考えに考え尽くした。夜の大脱出は特に頭を悩ませたが、前日までかかりようやく日向なりの作戦が完成した。

カワケン

誕生日の当日を迎えた。日向はまず萌に冷たく冷えた瓶のコーヒー牛乳を手渡した。

「え？　コーヒー牛乳？」

「いいから飲み干したら、ね！」

意味深なメッセージと共に、夕方日向と会う時までにコーヒー牛乳を飲み干してから連絡してとだけ告げる。

コーヒー嫌いだったら飲まなくてもいいから中身を空にしてねとも伝えた。

最後に屋上に着いたら電話を鳴らしてとも。

萌は不思議そうな顔をしたが、最終的に「うん分かった！」と返事に笑顔を添えた。

16時のチャイムが学校中に流れた。下校する生徒達の群れが校門へと向かう。予め屋上の鍵が壊れている情報をフーヤンこと福山凛太郎から入手していた日向は、萌を校舎の屋上に呼び出したのだ。

階段を上ってくる微かな足音。その音が止むと、今度は扉がギーッと開く音が屋上中に響いた。屋上の扉を開けたのは瓶を片手に持った萌だった。

屋上の端にいて下校する生徒達を座って見下ろしている男子生徒の後ろ姿目掛け、少し小走り気味に歩いた。

萌は屋上を歩きながら空を見上げた。澄み切った青空は雲一つなく、スカイブルーが一面に広がっている。初夏の風がふわりと萌の鼻先を擽《くすぐ》った。萌はスマホの発信ボタンを押す。日向に言われた屋上に着いたら電話をくれ、を忠実に再現してみせた。

「もう！　びっくりしたよー。コーヒー牛乳を頑張って飲み干したら、瓶に茶色いマジックで文字が書いてあるんだもーん」

文句を言っている割には、声に喜びの感情が乗っていた。何気ないサプライズがとても嬉しかったみたいだ。

「『プレゼントが欲しければ屋上に恋』ってメッセージの〝恋〟がウケたよ」

と座っている男子生徒の後ろ姿に向かって萌なりの大声で叫んだ。日向のスマホの呼び出し音は鳴り続けたままだ。彼は気が付いていないのか、電話に出る素振りがない。それもそのはずだ。屋上には日向の代わりに友人のカワケンこと川村健二がいたのだ。しゃがんでいたので日向じゃないと気が付くまで時間がかかった。急にまっすぐに立ち上がる。その立ち姿を遠目から見て、日向ではない事が分かった

萌は一瞬焦る。

「え？　あれ？」

カワケンは、萌の口から声が零れ出たその瞬間振り返る。

「桜井さん、お誕生日おめでとう！　はいメッセージ」

日向から預かっていたメッセージを渡す役割で屋上にいたのだ。ゆっくりと萌の方に歩み寄る。

「え？　川村君？　何で？」

萌は驚いた表情のまま訊き返す。

「日向の奴から頼まれてね。何でもサプライズだから協力しろってさ！　しっかし、驚いたわ〜。まさか桜井さんと日向が本当に付き合ってるなんて。仲が良いとは思ってたけどまさか付き合ってるとは……。アイツ親友の俺達にさえつい最近まで内緒にしてたんだぜ。男の友情を疑ったね」

後ろ頭を右手で掻きながら、付き合いきれないといった表情でカワケンはボヤくように萌に伝える。

「私は内緒にする必要ないって日向くんに言ったんだけど、わざわざ言う必要もないからって彼が言うから」

「で、その彼氏から誰にも言うなって事と屋上でこのメッセージを渡してくれって事なのでどうぞ」

スッと萌に手渡す。

「あ、ありがとう」

萌は封筒に入ってる紙を急いで取り出す。そのまま文字を追った。

「何て書いてるの？」

カワケンはメッセージの内容に興味津々だ。

「『体育館に恋』って書いてある」

「俺達にも書いてる内容は内緒なんだよね」

「え？　俺達？」

「さあ行って、行って」

扉の方へ向き直ろうとする萌に
「桜井さん！　日向の事本気で好きなの？」

萌はその言葉に呼応するように振り返った。太陽を反射して光り輝く弾ける笑顔で、

「え？　どうして？」

「アイツ見た目通りで真面目でイイ奴だから……」

カワケンのお節介な言葉を途中で遮る。

「もちろん！　当たり前だよ！　だって私の一目惚れだから……」

カワケンは桜井萌の口からハッキリと言い放たれた只々羨ましいだけの言葉を飲み込むのが精一杯だった。

一目惚れ？

嘘だろ？

学校一可愛いと噂されている桜井萌が？

友人ではあるがどちらかと言うとパッとしない日向に？

カワケンは「マジか？」そう大声で叫びたかった。

「ありがとうね川村君」

カワケンに軽くお辞儀をすると、萌は急ぎ足で屋上を後にする。凛とした佇まいは見惚れてしまうほどだ。清楚感に包まれた萌の後ろ姿を、カワケンは口を曲げながら見送る。

「クゥーッ。日向の野郎ないわー。学校一のアイドルが彼女だなんて……しかし桜井萌やっぱ可愛いーわー」

納得いかないのか、独り言で喚く。大きな溜息を深く吐いた。そこには羨望と嫉妬が入り混じっていた。

「あーめちゃくちゃ羨ましいー。日向の野郎ー」

一仕事終えたカワケンは屋上の扉の方へお役御免で帰って行く。

「やっべえ、野球部の先輩もう来てるわ！　練習の準備間に合うかな？」

フーヤン

萌は日向からのメッセージを握りしめる。階段を踏み外さない程度のスピードで気をつけながら足早に駆け下りた。合計60段ほど駆け下りると、廊下が顔を出す。そこを直角に右に曲がり、体育館を目指した。

下校する生徒達の波を掻き分け、日向がいる体育館に向かう。

体育館が近づいてくると、部活動生の活気ある声や音が外にまで漏れ聞こえて来た。

コーヒー牛乳の瓶へのメッセージ。

屋上にいる友達からのメッセージの手渡し。

手の込んだ演出に少し戸惑ったが、自分のために色々考えてくれた日向をもっと愛おしく思えた。

先ほど屋上で川村に返した言葉に嘘は全くなく、全てが本当だった。

日向には言っていないが、日向の事を先に好きになったのは萌だった。日向はいきなり告白してくるかなり変わった女の子と正直思ったかもしれない。

自分が先に好きになった日向がサプライズをしてくれているこの状況が心の底から嬉しかった。普段のキャラとは正反対な演出。一生懸命考えてくれ、やってくれている事に萌は本当に感謝した。

体育館の重いドアハンドルを掴む。金属の壁を一気に水平に引っ張った。ガラガラガラッと音を立てながらドアを開ける。バレー部とバスケット部の活気ある練習風景。体育会系の運動部の躍動感が萌の目に飛び込んできた。

ここまで普段より駆け足だった分、心臓の鼓動が速いのが自分でも分かった。

運動着で躍動する生徒の中、萌は左右を見渡す。必死に日向の姿を捜した。数分経過するが見つけることができない。練習中の男子の視線が段々萌に集中してくる。当たり前だ。学校中で可愛くて有名な桜井萌が運動部の練習を見学に来ているのだ。

しかも誰かを捜している。勝手に男子生徒達がザワつき始めカッコイイところを見せようと練習に熱が入る。それとは逆に男子生徒の何人かは、明らかに浮き足立ち、練習に身が入らない。

体育館入り口に立つ萌の後ろから、

「桜井さん」

日向と違う声に萌は驚きながら振り返った。

そこにいたのは福山凛太郎だった。日向達にはフーヤンと呼ばれている。

「福山君？」

「うん。あ、ごめん。そこ閉めてもいいかな？」

福山は部活動生の視線が気になるのか、体育館の扉を閉める。自分までが男子達の好奇の目にさらされる状況を遮断した。

「あ、うん」

「日向からこれ渡してくれって頼まれたから」

「えー、福山君も？」

「うん、日向が必死で頼んでくるから、今回ばかりは仕方ないかなと」

「ごめんね、日向くんが迷惑かけたみたいで」

「あっ、彼女が彼氏の非礼を詫びるみたいな？」

「えへ、そういう事になるかな？」

はにかんだ笑顔がめちゃくちゃ可愛い。友達の彼女だが、正直福山凛太郎もこの笑顔には一瞬で惚れてしまいそうになる。

桜井萌は友達の彼女とかを超越したレベルで可愛いのだ。元来、フーヤンこと福山凛太郎はカワケンみたいに女の子とペチャクチャと喋れるタイプではない。可愛い女子への免疫力でいうと、日向とほとんど変わらない。日向を戦闘力0とするとフーヤンも10くらいなものだ。それに比べるとカワケンは戦闘力95ってところだろう。

「そ、そ、そうなんだへへッ」

愛想笑いをするのが精一杯だった。

萌は急いでまた封筒を開ける。メッセージを確認した。

「今度はプールかー」

「プールねー。……」

「これって宝探しみたいですごく楽しい。福山君もありがとうね！」

「いや、うん」

立ち去ろうとした瞬間振り返ってフーヤンに質問する。

「あの、訊いてもいいかな？　日向くんってどういう人？」

「え？　日向？」

フーヤンは想定外の質問に面食らう。

「うん。まだまだ日向くんの知らない事多いから教えて欲しくて」

首を傾げ、フーヤンは数十秒考え込んだ。

「うーん、そうだなー。じゃあ長所から。基本めちゃくちゃ優しい。裏表がない。友達思い。見た目にはあまり出ていないと思うけど、情に厚く、涙もろく、筋が一本通っている男気あるタイプかな」

腕組みしながら一生懸命日向の事を誠実に教える。

「あ、そうそう。入学式の遅刻も困っているおばあさんを助けて交番に送り届けてたから遅刻したらしいよ」

萌は嬉しくなってクスッと笑った。日向らしい。それがそのエピソードを聞いた萌の感想だった。

「そっか。私のイメージと合致かな。じゃあ短所は？」

彼女は前のめりになって訊いてくる。

「そうだなー。優しすぎるし、真面目すぎるところかな」

「それって短所じゃない気が……」

フフフッと続けて笑う。

「あいつ本当にいい奴だからさ。この間も自分の傘小学生に貸して自分はびしょ濡れで帰ったんだよ。小学生の時なんて捨てられた犬がいたら家と反対方向なのに、毎日昼に余った給食の牛乳とパンを届けて帰ってたくらいだから」

少し呆れ顔だが、自慢の友達の事を話して楽しそうにしているフーヤンを見て微笑ましく思った。とても嬉しそうに日向の話をする福山凛太郎もまたいい人なのだろうと萌は思った。

「そっか！　私が日向くんを最初に好きになったのもそうだったなー」

バシャーン

大好きな日向を想っているのか？　萌の表情からは愛情に満ちた笑みが零れ出す。

「え？　最初に？　それって入学式の？」

最初にって言葉に疑問を持ったフーヤンは訊ねた。

「あ、何でもない。福山君ありがとうねー」

話題を変えるように踵を返してその場を後にする。プールがある方向へ足早に立ち去って行く。その後ろ姿から萌の幸せそうな様子が読み取れた。歩く後ろ姿がフーヤンにはとても楽しそうに見えた。

意外だった。日向がこんな手の込んだ事を考える事が。

小学校時代からの長い付き合いだが、こんなサプライズなんかするタイプだとは全く思わなかった。それでも必死で頼んでくる日向に心動かされ、桜井萌に手紙を渡す役をカワケン同様引き受けたのだ。

元々熱い男だが、ここまで何かに本気の日向を見るのは、もしかしたら初めてかもしれなかった。それだけ初めてできた彼女を大事にしたい。いや、桜井萌だから、大事にしたい。大好きな彼女に喜んで欲しいと願う姿は、日向らしいといえば日向らしいとも思った。

その日向は萌を待つプールに向かう途中、聞き覚えのある声に呼び止められる。

「日向！」

日向が振り返ると幼馴染の高遠麗がそこに立っていた。バスケ部で県代表になるほどの運動神経の持ち主。目鼻立ちはハッキリしていて、白く透き通った肌が美人をより際立たせる。桜井萌が〝可愛い綺麗〟で可愛いが勝っているなら、高遠麗は〝綺麗可愛い〟で綺麗が勝っているのだ。幼馴染の日向には理解不能だったが、そんな彼女のファンも学校内に多くいるらしい。今年の人気ナンバー1、2を争っていると同級生の間では持ち切りだったが、日向にとっては、昔から近くにいるお転婆な女の子の印象以外ない。

「何？　麗、今忙しいんだけど！」

少し冷たくあしらった。

「ちょっとさー、日向、話があんだけど……」

「悪いけど今急いでいるからまた今度にしてくれないかな？」

普段の日向なら足を止めたが、今日の日向はどうしてもやらなきゃいけない使命があった。そのため、日向らしくはないが、無下にその場を去ろうとする。

「ねえ、桜井さんと付き合ってるの？」

「え？」

予想外の質問に、日向の足が止まる。

「関係ないじゃん麗には！」

「何で桜井萌なの？」

日向は麗の質問を振り切り、萌のいる方向へ急いだ。

「その話はまた！　ごめん」

「ちょっとー日向ー！　日向ってばー」

後ろから呼び止める声が何度もしたが、高遠麗の声は日向の耳から段々遠のいた。

「小学校の時に私にくれたこのキーホルダー、大事に持ってる意味全く分かってないじゃん……」

麗は悲しそうにポツリと呟いた。

校舎の西側に咲き始めている紫陽花《あじさい》が花壇に彩りを与えていた。その西側にあるプールでは6月初旬なのに水の入れ替えが始められていた。例年より早く今年は6月11日にプール開きがされる。透き通った水面に太陽が反射し、キラキラと眩しさを増していた。もちろん鍵がかかっているので部外者が中に入るには体ごと柵を乗り越えなければいけない。

日向らしい。萌が到着すると柵を乗り越えなくても裏から回って入れる方法を送ってくれていた。もしも乗り越える場合は気をつけてね！　と心配するメッセージも付いていた。

萌はそんな少しの気遣いがとても嬉しかった。ゆっくりと体を鉄の門に乗せ、慎重に足先から地面に降りた。フーッという深呼吸と共に。

コンクリート製の階段を小走りで駆け上がる。萌が青く彩られたプールサイドに現れた。日向を捜すようにプール全体を見渡した。

日向は隠れながらその様子を確認する。そしてゆっくりと萌の前に姿を現した。

「日向くん」

日向を見つけた萌の声が1トーン上がった。

日向からの

「ごめんね、ここまでくるの面倒だったよね？」

日向は少し大きめの声で萌に優しく話しかけた。

「ううん、全然大丈夫。宝探しみたいで楽しかったよ」

「カワケン達何か言ってた？」

「ううん、何も」

日向の事は本気なのかと川村に訊かれた事も、日向の事をもっと知りたいと思って福山に訊いた事も何となくこの雰囲気に水を差しそうな気がしたので、萌は余計な事を言うのは控えた。

「あのね……誕生日おめでとう！」

「あ、ありがとう」

「で、ね、萌ちゃんに誕生日プレゼントをあげたいんだけど受け取ってくれる？」

急に大きな機械の回転音がする。いきなり飛行物が上空を旋回し始めた。

「え？」

小型ラジコンヘリコプターだ。しかもよく見るとラジコンヘリにぶら下がる紙に〝HAPPY BIRTHDAY MOE〟と書かれている。少し気恥ずかしい。

ラジコンヘリは右手を上げた日向の手を目掛けて飛行してくる。そのまま日向の右手に収まるかと思った瞬間一気に、日向の右手を中心に旋回のスピードを上げた。

予定と違い慌てふためく日向を余所《よそ》に、微妙に手が届かない場所を行ったり来たりしている。痺れを切らした日向がプールサイドで何度もジャンプする。何度も惜しいところでラジコンヘリに躱《かわ》され掴めない。

視線だけは萌と合わせながら焦りの色を濃くしていく日向。

そんなコントのような状況を何だか楽しそうに見守る萌。

堪り兼ねたのか、日向は屈むと反動を利用して一気に飛び上がった。

それでも届かない。着地に失敗し、バランスを崩した日向はプールに制服のまま飲み込まれた。


バシャーンと大きな音と水飛沫。

「キャッ！」

萌の驚きの声は大きな水音で掻き消される。

水面に顔を飛び出す。その日向の上空1メートルのラジコンヘリから意図的にプール中央に何かが落ちた。

壁の外から大爆笑している男子生徒二人の声が木霊《こだま》した。その声の主二人は姿を現す。

「日向、流石にそんなカッコイイ事はさせられないわ」

「まあ、これだけ可愛い彼女がいるんだからプールに落っこちるくらいはドンマイ」

野球部の練習着に着替えたカワケンとフーヤンは腹を抱えてお互いを叩きながら大笑いしている。

「勘弁してよー、シルバー製なんだから水濡れ禁止なんだよ！」

日向が濡れた髪を掻きあげ、二人にクレームを入れるが我関せず笑い転げている。

「じゃあな、水も滴るイイ男！」

後はご自由にと、大きな笑い声とラジコンヘリと共に二人はその場を走り去った。

二人ともとても意地悪な顔をしていたように日向には見えた。萌は我慢できず思い切り噴き出した。釣られて、水の中で少しだけ不機嫌になった日向も大声で笑い始める。

しばらくして我に返ると、急いでプールの中央に落ちた箱を潜って捜す。箱を見

つけて指輪を取り出すと、

「萌ちゃん！　改めてお誕生日おめでとう」

水を掻き分け、萌のいるプールサイドまで必死に近づいてくる。水圧で中々萌のいる場所にまで辿り着かないが、そんな日向を萌はより一層愛おしく思えた。

「これ……。ごめん、水に濡れちゃったから錆びるかも」

水の中から萌を見上げる。箱の中の指輪を萌に手を伸ばして手渡そうとするが中々進まない。萌は優しく微笑み返すと、足先をプールに浸けた。

「ううん。ありがとう日向くん」

そう言い終えると萌はスマホをプールサイドにそっと置いて、制服のままゆっくりとプールに体を沈めた。

日向は慌てて泳いで萌に近づく。

「あ、萌ちゃん！」

「大丈夫」

水を掻き分け、萌も日向の方へ歩いていく。プールサイドから5メートルあたりで二人は向き合った。

「萌ちゃん、いつも体育見学なのに、水の中大丈夫なの？　ごめんね」

「ううん。嬉しいよ。今まで生きてきて一番嬉しい」

「本当に？」

「うん。しかも一番嬉しくて、一番面白い誕生日になってる。自分でも制服のままプールに入るなんて思ってもみなかった」

「ごめんね水の中まで……本当ごめん」

日向は箱から取り出した指輪を萌の薬指に入れようとする。が入らない。

「あれ？　あれ？」

日向は首を何度も傾げる。焦った顔が萌には可笑《おか》しく映るが、日向の表情はみるみる曇っていく。

「日向くんこれって、ピンキーリングじゃない？」

萌はクスクス笑いながら日向に入らない理由を説明した。

「え？」

間違って購入した事が恥ずかしくて日向は耳まで真っ赤になった。

「ピンキーリングは、小指専用だよ」

萌は日向に優しい笑顔を向けた。

「え？　えー」

「フフフッ、でもありがとう」

水面が反射し、濡れた髪が神秘的に美しい少女の笑顔をより一層光り輝かせた。

親友

「おい！　お前ら何やってんだ？」

良いムードをぶち壊すダミ声がプールサイドに響き渡った。粘着質で有名な、ガムというあだ名を生徒達に付けられている体育教師の三田だった。三田は強豪のシンクロナイズドスイミング部の顧問でもある。プール開き前にプールの様子を確認しに来たのだ。

「あれ？　お前、桜井じゃないか！　大丈夫なのか？　プールに入って？　……で、お前は？」

三田は、桜井萌は知っていたが、日向の事は認識していなかった。つくづく自分の存在感の薄さを日向は痛感する事となる。

「いいから早く上がれ！　しかも、プールに制服のままってアホなのかお前ら？」

「すみません」

三田に見えないように萌は振り返り白い歯を見せる。日向にだけ戯《おど》けた表情を見せ、小声で、

「ありがとう。私、本当に嬉しかったよ。一生の思い出にするね」

シルバーのリングを左手の小指にはめた。

「大袈裟だよ」

日向も三田を気にしながらも微笑み返した。

「おい！　早く上がって来い！」

「はーい」

プールサイドに上がると制服から水が滴り落ちた。日向だけクラスと名前を言わされ、濡れたまま20分ほど説教を食らう。三田は萌には早く体操着に着替えるよう促した。萌は日向の様子を気にしながらも、一旦ロッカーで体操着を取ると更衣室の方へ向かった。

三田は体育会系の割には粘着質な嫌み野郎だ。重箱の隅をつつくような細かい性格で有名だった。日向はよりによって嫌な奴に目をつけられたものだとは思った。

萌の誕生日に邪魔は入ったが、サプライズ的にしっかりと祝えた事に少しだけホッとした。

三田からの説教を終え、教室に一旦戻ると練習を抜け出しているカワケンとフーヤンが日向を待っていた。

「おい！　大丈夫だった？　よりによって三田とは」

「最悪だよ。ホント……スマホはベンチに置いてて本当に良かったよ、水没しなくて……」

咄嗟に隠したスマホを取り出しメッセージを確認する。開くと萌からメッセージが来ていた。

『大丈夫だった？　ごめんね。お母さんが迎えに来る時間だったから先に帰っちゃって……日向くん本当にありがとう。私16年間生きてきて、今日が一番嬉しかった誕生日です。指輪大切にするね♡　後、今日の夜もストロベリームーン楽しみにしてる♡』

そのメッセージを読んでいるだけで濡れた服や説教をくらった事などどこかに飛んで行った。文字を読み返す度に口元が緩んだ。と同時に強いツッコミが両サイドから来る。

「ふざけんなよ。何でお前が学校一可愛い桜井と付き合ってるんだよ」

「そうだそうだ！」

ちょっとしたクレーム祭りだ。

「さっきはありがとう。でも最後のは酷いよ！」

日向は二人に感謝しながらも、計画通り決まらなかったプレゼントを渡す手筈《てはず》を嘆いた。

「当たり前だろ！　あれで完璧に決めたら格好良すぎだわ！」

「そうだけど……シルバーの指輪が濡れたから」

「知らねーよ。だったらそれ言っておけよ！」

「彼女も知らないのに二人に言う訳ないじゃん！」

「この幸せ者！　ふざけやがって！　普通親友の俺達には付き合っている事もっと前に言うだろ！」

「ごめん、ごめん、僕とじゃ不釣り合いだからさ、萌ちゃんのファンが色々なところにいるじゃん。釣り合わない彼氏って萌ちゃんに悪いなって思ってさ」

思い出したようにカワケンが報告みたいに呟いた。

「そう言えば、桜井、お前に一目惚れしたって言っていたぞ」

「え？」

「付き合おうって言ったのはどっちだ？」

「あの入学式の日に萌ちゃんからだけど……」

「入学式？」

「そう」

「桜井さん、私が最初に好きになったのもそういうところだなって言っていたよ」

「どういう意味？」

「日向ってどういう人？　って訊くから、小学生時代の犬の話や人に傘貸して自分は濡れた話とかしといた」

「ああ……」

「後、入学式の遅刻の理由も教えてあげたよ」

「それは別に良かったのに」

「なんで桜井萌が平凡な優しいだけが取り柄の佐藤日向を好きになったのか？　学校の七不思議だわ〜」

「しかも、キャラに似合わない誕生日サプライズを必死に頼んでくるなんて本当に好きなんだなー日向」

カワケンは日向の肩にパンチを何度も入れてくる。フーヤンもそれに同調する。

「うん。萌ちゃんはあんなに可愛くて皆の人気者なのに、誰にでも優しくて、少し天然で、輝いているっていうか……やっぱり僕とは不釣り合いかなとは思う……」

「あれは惚れるわ！　あ、そう？　じゃあ俺告白しちゃおうかなあ」

「じゃあ僕も」

二人は底意地悪い笑顔で日向を煽る。

「やめてよカワケン、フーヤン！　絶対だからね」

「男の友情なんて、一人の女子の前では脆いものよ」

「なーフーヤン」

「ねーカワケン」

固く手を握り合う。本気なのか冗談なのか真面目な日向は本気で困惑する。

「さあ、どうしようかなー」

「勘弁してよー」

二人の笑い声が教室に響いた。

「じゃあ、俺先輩にどやされるからそろそろ行くわ！」

練習着のカワケンは一足先に教室を出た。フーヤンも職員室に寄る用があるからと日向より先に教室を出た。日向は濡れた制服から、体操着に着替え、一息吐くと、急いで自転車置き場に向かった。

夜の大脱走

一度家に帰って準備をした。好きな子の誕生日を祝った後に、ストロベリームーンを見に行く。しかも夜抜け出して連れ出す作戦。こんな大胆なことを考えたことも、実行したこともない。

あまり遠くに連れ出すのは難しい。部屋で勉強している時間で怪しまれない21時〜22時までの1時間をターゲットにする。

萌のお父さんは厳しい人だと聞き、多少びびってはいた。だが、平日は仕事で遅く、帰宅はいつも0時前と忙しいから大丈夫と萌には聞いていた。家を出る萌と、もしかして誕生日の今日だけ早く帰宅するお父さんが鉢合わせしないように祈るしかない。

萌の情報によると、お母さんは予定している時間で大体お風呂に入るそうだ。ターゲットにしている21時〜22時の1時間は千載一遇のチャンス。

日向は小型のバッグを肩にかけ、少し早い20時30分に自転車で自宅を出た。自転車を漕ぐ足の回転は軽快だ。

萌が言っていた、

「ストロベリームーンには縁結びの効果もあると言われているの。好きな人と一緒に見ると永遠に結ばれるとも……私その素敵な迷信を信じてみたいんだ。毎年、好きな人と一緒にストロベリームーンを眺めるの。それが私のちいさな夢」を回想し、自転車に乗りながらずっと萌のことを考えていた。

萌の家の近くまで自転車で20分ほどかかるが、初夏の夜風が気持ちいい。汗もかくことなく萌の家の前に順調に辿り着いた。スマホをバッグから取り出した。萌にメッセージを送る。

『うん、分かった』

と返信が来てから5分後に萌が出てくる。誰にも気が付かれないように玄関から音を立てないよう慎重に抜け出してきた。

小声で、

「今ちょうどお母さんお風呂に入った。お父さんはまだ帰って来てないから大丈夫だと思う……行こ」

停めてある自転車まで萌は日向の手を取り、引っ張って走った。

日向はこの瞬間、水族館デート以来二度目の彼女と手を繋いだ。

彼女の小さな手は冷たく細くか弱い。力を入れると崩れてしまいそうだ。それでいて力強い何かも秘めている。また彼女と手を繋げた嬉しさが大袈裟かもしれないけれど全身を駆け巡る。心臓を掌《てのひら》で力強く掴み、一気に離した反動みたいに胸が躍った。

日向の自転車の前まで来ると、

「じゃあ、日向くんが運転ね」

そう言うと後ろの荷台の前で手を後ろに組んで甘えるような笑みを浮かべる。萌はちゃっかり日向が運転の準備をするのを待っている。

日向は萌も自分の自転車で抜け出すのかと思い違いをしていた。冷静に考えたら萌の自転車が普段の定位置になければ抜け出したことに一発で感付かれるに決まっていた。日向は自分の自転車に跨ると、萌が後ろの荷台に乗れるように自転車を少し傾けた。

萌はスカートをたくし上げ、中が見えないように日向の後ろにゆっくりと乗った。推定156センチ、42キロの小柄な体は荷台に乗せているのを感じないくらい軽い。

月が見える丘

6月の夜風が二人を歓迎しているように思えた。向かい風がとても心地よい。二人でテンションマックスになる。坂を下る時はペダルを漕がず、二人で両脚を広げてワーキャー騒いだ。萌の笑い声が、背中を通して聞こえてくる。

「日向くーん」

「なーにー」

「すごく楽しいー」

「だねー」

「私、夜に家を抜け出すの初めてなの」

「え？　そうなの？」

「門限が夜7時だから、家族と一緒以外は夜に出歩いた事がないんだ」

「門限7時は知ってたけど、その後一人で家から一歩も出た事ないの？　コンビニくらいあるでしょ？」

「ううん、ないよ」

「えーマジで？」

萌が筋金入りの箱入り娘だとは知ってはいたが、ここまでのレベルだとは思いもしなかった。

「夜道を自転車で走るのってこんなにも気持ちがいいんだね！　私16年間生きてきたけど、知らない事がまだ沢山あるなーって。それを日向くんと一緒に経験できてるのが本当に嬉しいの」

萌はそう言うと日向の背中に顔をぎゅっと押し付ける。そして腰に回した手に力を込めた。日向は背中から感じる萌の温かみに心が癒されていく。運転手として事故に気を付けながら背筋を伸ばし、ペダルを回した。

下り坂を疾走し終えると、今度は高台への曲がりくねった坂道が二人を容赦なく出迎える。いくら萌が軽いとは言え、15度の傾斜を二人乗りは厳しい。自転車を降り、歩いてその道を二人で並んで上に向かう。車道には自転車。真ん中には日向。一番危険ではない歩道を萌に歩いてもらう。

ごくたまにだが、車が上下共に通行する。円周のようなカーブをしばらく上ると、左側下に大池が見えてくる。夜なので正直不気味にも見えるが、外灯が多めに設置されているので、かなり明るい。二人でいると暗い夜道でも恐怖心はあまりない。高台の頂上には温泉施設があるので先ほどから家族連れらしき車が上っていく。

温泉施設の隣には小さな公園があり、その温泉施設からも、公園からも街を見下ろす事ができた。市の予算で多めに設置された外灯は、温泉施設への誘導灯なのであろう。公園の端まで行くと外灯は少なくなる。空を眺めるのに最高の環境が整っているのだ。

一週間前の同じ時間に事前に下見をして良かったと日向は思った。その時は先ほどの大池で心細くなり少し怖くなったのが本音だった。

温泉施設を抜け、公園の芝生にビニールシートを広げた。二人分寝転べる大きさのシートを広げる。萌にこちらへどうぞと促した。

「え？　わざわざビニールシートを持ってきてくれたの？」

萌の声のトーンが一つ上がった。

「当たり前でしょ？　お嬢様に露に覆われた芝生にそのまま寝そべってなんて言える訳ないじゃん！」

軽口をまぜてみた。

「だから、私お嬢様なんかじゃないから！」

ストロベリームーン

二人はシートに順番にゆっくりと脚を伸ばし、体の力を全部抜いて横になった。

夜空に浮かぶ赤みがかった月が二人を歓迎しているように見える。

ストロベリームーン。

やはり高台の方がより大きく、綺麗な真ん丸に見えた。色も鮮やかさが違う。日向は右手で神秘的な月に手を重ねた。萌も日向の後を追って手を月に翳《かざ》した。日向の右手と萌の左手が一つになる。萌の小指には日向が昼間プレゼントしたピンキーリングが幸せの証としてはめられていた。か細い指にピンキーリングが良く似合う。

隣の萌の体温を感じながら、日向は萌の好きだって言っていた曲を口笛で吹いてみた。ストロベリームーンに照らされた二人のBGMになる。

「日向くん口笛上手ぃ。私、口笛吹けないんだ」

「え？　萌ちゃん口笛吹けないの？　え、やってみてよ」

フュー、フューと空気が霞《かす》んだ音が鳴る。

「あははは」

「日向くん酷ーい」

「だって、萌ちゃんの口笛、口尖らせて息吐いているだけなんだもん」

「もー」

肩を軽く叩かれる。他愛もない会話でふざけ合った。本当に何の変哲もない会話。このまま時間が止まればいいと日向は思った。もちろん萌も同じ想いだった。

「ありがとう……本当にありがとうね。私誕生日にストロベリームーンを日向くんと一緒に見たことを一生忘れない」

「僕もだよ萌ちゃん……」

ドキドキした。目線だけ少し萌の方に寄せるのが精一杯だった。真横にある綺麗な横顔をまともに見る事ができない。重なった手の向こうに見える月が輝きを増しているように見えた。好きな人と一緒にストロベリームーンを見ると永遠に結ばれる。その幸せを予感させるような素敵な未来が頭の中を何度もリピートする。

「いや、僕が萌ちゃんと見たかったから」

日向は必死に動揺を隠した。シャンプーの柑橘系の香り。透き通った初夏の風と混ざり合う。ドキドキが増した。

「ずっと忘れないよ。ずっと……」

聞き間違いか？　萌の声が微かに震えているように聞こえた。横目なので正確ではないが、彼女の目から涙のようなものが頬を伝ったように見えた。錯覚かもしれない。でも日向にはそういう風に見えたのだ。

「日向くん………もし私がいなくなったら他の人を好きになる？」

「そんな訳ないじゃん！」

思いがけない質問だった。好きな人と一緒にストロベリームーンを見ると永遠に結ばれる。そのポジティブな迷信を現実にしたいと願った瞬間に、正反対のネガティブな言葉が萌の口から零れ落ちたのだ。

咄嗟に上半身を起こした。そして萌の方に視線を落とした。萌の目にはやはり涙が溜まっているように見えた。

「萌ちゃん……僕萌ちゃんと絶対別れたくない」

振られると思った日向は必死に自分の気持ちを伝えた。

「ごめん、ごめん、そういうつもりじゃなく、勘違いさせちゃってごめんね」

慌てて萌も上半身を起こす。二人の視線が合う。

日向は一瞬勇気を振り絞ろうとする。ファーストキスのタイミングを窺《うかが》ったが、萌の瞳から零れ落ちた涙に躊躇し、ここでのキスはあっさりと諦めた。

15歳の健全な男子なら当たり前の感情だが、日向は萌の表情から汲み取った気持ちを尊重したのだ。

萌は人指し指で目から零れた水分を拭う。瞬間的に何事もなかったように表情もパッと明るくなる。

「この言い伝えと言うか、迷信と言うか、都市伝説を私は信じたいの。だから別れる事なんてないって私は思っているし、ずっと信じてる。だから大丈夫だよ」

「うん」

萌は笑顔で日向の手を取り、真剣な眼差しで気持ちを伝えた。そして再び寝転がると、ストロベリームーンを見上げた。日向も少し安心したように寝転がり月に目を戻した。

「ねえ、日向くん……ストロベリームーンの伝説って本当に素敵だと思わない？」

「そうだね」

日向も心からそう思っていた。

「好きな人と一緒に見ると永遠に結ばれる。赤い色ってお互いが恋焦がれる想いが色になっているのかな？　それとも苺の月って名前だから月でウサギが苺祭りやっているのかな？」

日向は思わずプッと噴き出してしまった。

「ウサギが苺祭りって、萌ちゃんやっぱり天然だよね」

正直さっきの発言で心臓はまだバクバクのままだけれども、萌の天然発言に日向は心底安心させられた。

「えーそうかな？　その方がファンタジーみたいで素敵じゃない？　ウサギが人参じゃなくてイチゴ食べてるんだよ」

妙に力説する。

「もちろんそうだけど……」

日向は少し困りながらも優しく萌の妄想に付き合う。

「でも本当に今日の月はすごく綺麗だねー。月をこんなにゆっくり寝そべって見る事って人生で後何回あるかって感じだよね？」

日向が呟く。

「確かにそうだね」

萌も同調する。

謝罪

隣の萌に一瞬力が入ったように感じた。

「あのね。ストロベリームーンを一緒に見た二人って、実は前世でも後世でもストロベリームーンを一緒に見ていると思うんだ」

「……」

「だから私と日向くんは前世でもストロベリームーンを一緒に見たんだよきっと……そして後世でも一緒に見ると思うんだ。生まれ変わっても一緒に見てくれるかな日向くん？」

「もちろん！　生まれ変わっても必ず萌ちゃんと見るよ」

無駄に力が入り、声が大きくなってしまった。

「ありがとう」

そう言うと萌は日向の手を再び力強く握った。二人はそのまましばらく無言で空に浮かぶ苺の月を眺め続けた。ストロベリームーンは二人を祝福し、将来を約束させているようにずっと丘を照らし続けた。

萌が申し訳なさそうに言葉を絞り出す。

「……日向くん……ごめん、そろそろ帰らなきゃ」

一気に現実に引き戻される。人一倍大事にされている萌が、家を抜け出し行方不明だなんて両親に知れたらそれこそ一大事だ。

萌は今日枕やクッションを重ね布団に包み、人型を形成して寝ているように見せた。幼稚だったかもしれないがやれるだけの偽装工作は施した。ここに来るまで30分以上かかっていたので高台には実際10分くらいしかいられないはずだった。

「そうだね。急いで帰ろう！」

残念そうな声がその言葉に宿っていた。楽しい時間は30分も3分に感じる。アインシュタインの相対性理論って本当だなと日向は痛感する。

「ごめんね、うちの両親が厳しくて……特にお母さんが心配性だから」

萌は申し訳なさそうに言葉を紡ぐ。

「いや、大丈夫。萌ちゃんみたいに可愛い娘だったら僕が親でも心配だから同じくらい、いや、それ以上に過保護になるよ」

「フフッ、日向くん優し過ぎるからウチの両親よりも厳しくなりそう」

ようやくいつもの萌の明るい声のトーンに戻った。

日向はスッと起き上がる。と同時に萌の手を取り引っ張り起こした。萌は立ち上がるとすぐに屈んでシートを畳み始めた。綺麗に畳み終えると、

「はい！　日向くん、これありがとう。萌と日向くん専用シートって書いといてね」

丁度そのタイミングで月明かりが彼女の笑顔を照らす。ストロベリームーンに照らされた萌の微笑みは日向に優しく向けられた。

その神秘的な可愛さにまたドキッとした。

日向達は下り坂で両脚を上げ、行き同様騒ぎながらスピードを上げる。ただ自転車に乗っているだけなのに、心の底から湧き出る楽しさに包まれた。夜に萌に会うのが初めてだった事もある。いや、それより親に内緒で家を抜け出した背徳感が気持ちを高揚させていたのかもしれない。

二人だけの秘密ができた。ストロベリームーンを好きな人と一緒に見ると永遠に結ばれる。それを実現できた幸せに日向は正直舞い上がっていた。

家の前に到着する。ようやく事態の大きさに気がついた。萌の両親が家の前で待っていたのだ。父親は鬼の形相で仁王立ちしていた。母親もすごく不安そうな顔をしている。

顔面蒼白になる日向の前に萌が日向を守るように飛び出した。

「違うのお父さん、お母さん！　日向くんは悪くないの。私がストロベリームーンを見たいって日向くんに頼んだの。だから……」

父親の顔は強張ったままだ。萌の肩を掴むと横に大切なものを置くようにずらした。母親がストールのようなものを萌の肩からかけると包み込むように萌を抱きしめた。

「君の名前は？」

怒りの矛先は日向に向けられた。日向はガチガチに緊張しながら強張った表情で、

「さ、佐藤日向です」

声が震えていた。まっすぐ見ることができない。伏し目がちに答えてしまった。

「今何時だ？」

日向は急いでポケットからスマホを取り出す。スマホに表示された時間を確認する。

「ジュ、10時半です……」

「こんな時間に女の子を連れ出していいと思っているのか？」

父親の声が大きくなった。

「お父さん、だから……」

必死に日向を庇《かば》おうとする萌。娘を大事そうに両肩に手を置き、母親は日向から遠ざける。

「萌は体が弱いの。もう絶対心配はかけさせないで。今日は申し訳ないけど帰ってもらえるかな佐藤君」

続けて、

「佐藤君、悪いが二度と顔を見せないでくれるか！」

語気を強めた父親が怒りを押し殺しながら言い放った。娘を愛する父親なら当たり前かもしれない。母親からも萌の事を大切にしているのがすごく伝わってきた。だが、15歳の日向には知らない大人に真剣に怒られる経験は初めてだったので衝撃が強過ぎた。テンションが一気に下がる。

「ごめんね、日向くん。お父さん、お母さんもういいでしょ？」

萌が体ごと割って入り日向を庇う。

日向は大きな声で体を二つ折りにして謝罪した。

「すみませんでした。今日は失礼します！」

大声で伝えると、顔を少しだけ上げる。萌に一瞬だけ目を合わせた。萌は泣いていた。その場を立ち去る。自転車に跨り猛スピードで坂道を下った。

「日向くん！　ごめんね！　後で連絡するから」

忘れない想い

萌の震える声が自転車に乗る日向の背中に向けられたが、振り返る余裕は全くなかった。

家に帰ると萌からメッセージが沢山届いていた。内容は謝ってばかりだった。謝る必要なんて全くない。萌と一緒にいる時間が楽し過ぎて、自分の考えが正直甘かった。自分がしっかりしていれば萌を巻き込むことはなかった。1時間なら大丈夫なんて自分が言わなければ、萌も両親に怒られる事はなかった。

『ごめん。僕のせいで萌ちゃんを巻き込んで……』

すぐに萌からメッセージが返ってくる。

『お父さんとお母さんがごめんね。日向くん全然悪くないのに、本当にごめん』

『いや、僕がもっと綿密に計画立ててれば……近くで少しだけとかにしていれば……』

しばらくはそんなやり取りが続いたが、萌から電話していい？　のメッセージがくる。その直後電話がかかってきた。

「日向くん、本当にごめん」

「大丈夫だよ。もうその話はいいよ」

「うん……あのね。私、本当に今日のこと絶対忘れないから」

「どうしたの萌ちゃん、今日それればっかり言ってるよ」

「ううん、本当に嬉しかったからそれだけちゃんと伝えたくって」

「萌ー、お風呂入りなさーい」

萌を呼ぶ声が聞こえた。

「ごめん、お母さんが呼んでるから、行くね」

「うん」

「じゃあ、日向くんおやすみなさい」

「うん、おやすみ萌ちゃん」

緊張の糸が切れた。日向は朝まで部屋のベッドでそのまま寝落ちしてしまった。

第4章

足音

不安

次の日から萌が学校を休んだ。心配してメッセージを送ると、

『ごめん大丈夫だから心配しないで。また連絡するね』

僕がメッセージを何度送っても、2回その一言だけの返信が返って来ただけだった。3日経ったが何の進展もなく、僕は限界に達していた。何の手掛かりもないことに、居ても立っても居られず、職員室に押しかけた。職員室に入ると脇目も振らずまっすぐ担任の下へ向かった。

担任の山下の机まで駆け寄ると、勢いのまま声のトーンを一段上げた。

「先生、桜井さんは何で休んでるんですか？」

テンション高く詰め寄ってくる僕のことが理解できないみたいだった。担任は眉を顰《ひそ》め、不思議そうな顔で僕を見やる。意外な人物の一方的な語気を荒らげた行動

に首を傾げるのは理解はするが、こっちはそれどころではない。

「え、何で佐藤が桜井の事を気にするんだ?」

椅子に腰かけながら至極真っ当な質問を返してきた。担任の山下は下から上へ訝《いぶか》しげに視線を移した。

「ク、クラスメイトだからです」

勢い良く詰め寄った割には、担任が要求した腹落ちする回答はできなかった。

もっともな質問に一瞬で動揺してしまった。

「クラスメイトだから?……うーん、それじゃあ教えられないな」

否定的な言葉を先読みし、喋っている途中で遮り言葉を被せた。

「だから教えてくれってば!」

我慢の限界だった。不安の限界だった。先生にこんな言葉を使うなんて自分でもびっくりした。職員室中に僕の声が響いた。

他の学年の先生達も、進路相談に来ていた女子生徒達も大きな声に一瞬こちらに目を移した。数秒すると騒がしい普段の職員室の風景に戻る。職員室にいる人間全員が、何となく収まりがつかないこちらを気にはしていた。

担任は難しい顔をして、深い溜息と共に、

「あのなー。教師には守秘義務ってのがあるんだよ。入院先は言えないんだ！」

少し強い口調で返してくる。普段そこまで目立たない僕が、声を荒らげた事に少し感情を表現し、苛々して口を滑らせた。

「入院してるんですか？……萌ちゃん？　どこの病院に入院しているか教えてください！」

入院という言葉に頭が真っ白になり混乱した。

「いや、その……とにかく言えないんだ。もう教室に戻れ！」

「じゃあ、もういいよ！」

担任の山下の机を両手でバンッと大きく叩いて、踵を返し職員室を足早に後にする。冷たい白い視線が僕の背中に突き刺さっているのは十分感じていた。でも、萌の状況が分からないのが3日も続いたら、自分でも制御ができなくなり、不安が爆発した。

大人の男性に、しかも学校の先生に、こんな反抗的な態度を取ってしまうなど、自分でも信じられなかった。もちろん心の中では山下に謝った。

職員室を飛び出したはいいが、萌への手掛かりを失う。先生という唯一の萌との繋がりを無くしてしまった。自業自得だ。萌に電話をかけたが、コールが鳴り続くだけで出ない。

親友の智香も美奈も連絡が取れずに僕同様に心配していた。3日間も続いたら僕はこんなにも冷静さを失うんだ。この先どうしたらいいか途方に暮れる。

フーヤンが職員室から出たところで待っていてくれた。近くで先生とのやり取りを聞いていたみたいだ。そしていつもと同様に優しい言葉を僕にかけてくれた。

「市内の病院一軒一軒、一緒に回るか日向？」

「え？」

驚いてフーヤンの顔を見る。冗談で言っている顔ではないことがすぐに分かった。ありがたかった。

「そのくらいの覚悟があるんだろ？」

「もちろん！」

力強く首を縦に振る。

「そうと決まったら今から行くぜ」

「え？」

驚く僕を余所に、僕の背中を強く叩いた。背中の痛みは友達のありがたみの痛みだった。

「カワケンなんてもう自転車に乗って俺達の事待ってるぜ」

「でも、まだ2限終わったところだよ。勝手に早退したらカワケンやフーヤンまで怒られるよ」

元来小心者の僕は友達を巻き込んで早退する後ろめたさに心苦しくなった。

「俺達は友達だろ？　小学校の時から褒められる時も怒られる時も一緒だよな。お前の不安は俺らの不安でもある。カワケンとそう話していた！　お前が元気がないと俺達も元気がなくなるからさ。全部の病院行くぞ！」

そう言って僕の頭をクシャクシャにしてくる福山凛太郎。授業をサボって怒られるのを承知で、外で僕とフーヤンを待つカワケンにも心底感謝した。

「でも、それでも見つからなかったら……」

僕が不安気な顔をして訊き返す。

「だったら隣の市まで捜せばいい！　どうせお前もそう思っているんだろ？」

フーヤンに大声で答えた。

「だよね。ありがとう」

捜索

フーヤンは僕の肩を抱き、元気出せよと励ましてくれた。自転車置き場にノリノリで僕を誘導するフーヤン。普段はクールなフーヤンのテンションが高めなのは、僕の不安な気持ちを少しでも緩和させようとする彼なりの優しさなのだろう。

時には強引で我儘《わがまま》なこともあるけど、クラスでも目立つタイプのカワケン。普段はあまり表情に出さないが心根の優しいフーヤン。僕はこの二人と仲良くなれたことを本当に嬉しく、頼もしく思った。

自転車置き場に着くとカワケンが、

「さっき、体育のガム三田が通ったから気をつけろよ！　一気に行くぞ」

「あ、うん、分かった。カワケン、本当にありがとう」

頭を下げる。

「今度ドーナツ3つな！　とにかく心配すんな。元気出して行こうぜ日向！」

僕の肩にワンパンチ入れてくる。バッグを背中に背負い、急坂に向かって勢いつけて自転車をフルスピードで漕ぐ。フーヤンは自転車の前カゴに鞄を投げ込み、三人一気に校門を猛スピードで通過する。

体育の三田のダミ声が後方で響いた。

「おい、お前ら何処行くんだー」

「振り返るな！　振り返らなきゃ誰だかわかんねー」

一気にペダルを漕いで加速する。三人で国道に沿って必死に自転車を走らせた。我武者羅《がむしゃら》に、ずっと漕いで、漕いで、漕ぎまくった。しばらくすると公園が左手に見えてきた。自転車を公園の敷地内に滑らせた。

三人共に公園内で一休みする。肩で大きく深呼吸を繰り返した。

「で、で、どっから行くよ」

カワケンが汗を拭い、口を開いた。

「サンタマリア病院でしょ、国立記念病院でしょ、梅林大学病院。そして海原病院と氷川病院。大きな病院はそこくらいだよね？」

僕は市内にある病院を５つ挙げた。

「じゃあ、サンタマリアは俺。国立記念病院はフーヤン。梅林大学病院は日向が行って！」

カワケンは一番遠いところを自分に、その次に遠い病院をフーヤンへ割り当てた。僕にはあえて近場を割り当ててくれた。豪快に見えるけど、こんな細かい気遣いもできる、それが川村健二。

三人はそれぞれの病院を目指す。何か情報を掴んだり、萌が見つかったら連絡を取り合うことにした。

僕は、まずは梅林大学病院を目指す。ここから自転車で15分ほど行った場所にある。国道に面した白い要塞のような存在感のある病院だ。敷地内に１００台以上の駐車場スペースを平場で有し、５００以上の病床数がある大型病院だ。

何科にかかっているのかも分からないので、入院病棟の1階から部屋の外に掲げられた名前札を一つ一つ丁寧に確認していく。制服を着た高校生が午前中の病棟にいるのは、違和感があるのだろう。すれ違う看護師さん全員が僕を見ると不思議そうな顔をする。素性がバレないように一旦シャツを脱ぎTシャツになって、ノーブランドのバッグに押し込んだ。

内科、外科、脳神経外科。その中でも色々分かれている。内科でも消化器内科、循環器内科など。外科なら心臓血管外科、乳腺外科、甲状腺外科など。脳神経外科も外科と神経科に分かれていた。

名札一枚一枚を必死にくまなく丁寧にチェックする。5階の脳神経外科病棟で桜井という名前を見つけ一瞬喜んだ。だが、下の名前が全く違う。絶望の溜息を吐き、がっかり肩を落とす。同じ作業をフロアごとに繰り返した。残念ながら梅林大学病院に萌は入院していなかった。1階までのエレベーターの中でカワケンとフーヤンにメッセージを送る。

すぐに二人とも既読がついた。カワケンは今サンタマリア病院に着いたみたいだ。フーヤンは国立記念病院の入院階は調べ終えたらしい。

僕は二人に感謝する。梅林大学病院の出入り口を出ると、自転車に跨り氷川病院に急いで向かう。梅林大学病院からは氷川病院まで自転車で30分近くかかった。6月とはいえ、気温は25度を超えていた。汗が頭から全身に向かって一気に噴き出してくる。その汗を右手で拭い、自転車を自転車置き場に投げ捨てるように停めた。駆け下りるように聳《そび》え立つ建物の前に走って向かう。

バスロータリーがある白と茶色のツートンカラーの大型病院。先ほどの梅林より一回り小さいが、それでも３００病床ほどの大きな病院だ。同じように30分ほど各階を捜したが一向に見つからない。カワケンからもフーヤンからも朗報はない。『こちらに合流する』というメッセージが捜している途中に届いた。

途方に暮れる。しばらく放心状態で待合いの椅子に体を投げ出すように座っていた。その時に良いアイデアが浮かんだ。

突破口

早速そのアイデアを実行に移す。それは親族の振りをする事だった。フロアを歩いていた看護師の女性に怪しまれないようにダメ元で訊いてみた。

「あのーすみません。桜井萌の親族の者なんですが、こちらの病院って聞いて来たんですが……」

「いつ入院されました？」

「えっと、一昨日か昨日だったと思います」

看護師はしばらくファイルを見ながら入院患者のリストの中から名前を探してくれている。中々見つからない。もう一人通りがかりの若い看護師に確認をした。

「清水さん、この間救急で運ばれて来た女の子いたよね？」

「桜井さんですか？」

呼び止められた看護師は近寄ってくる。やったビンゴだ。

「あー。転院しましたよ」

「確か……清新大学病院に転院したんだよね？」

「あ、はい。夜間発作で運ばれたんですが、一昨日の朝かかりつけの心臓外科の専門の先生がいらっしゃる清新大学病院に転院されました」

夜間発作、心臓外科、転院——。

全く想像していないキーワードが返ってきた。僕は動揺を抑えられず、気が遠くなった。自分の意思とは反対に、その場に力無く座り込んでしまった。

「大丈夫、君？　ねえ、大丈夫？」

頭の中が真っ白になり、看護師さんの声が遠くに聞こえた。耳に言葉が入ってこない。両肩に手を置かれ、大きく体を揺らされているみたいだ。想像し得なかった心臓専門医と転院を耳にした瞬間、精神を破壊された気がした。

僕はあまりのショックにそのまま気を失ってしまったらしい。気がつくと病院のベッドの上だった。最初に見た光景は無機質な蛍光灯だった。胸までかけられた布団を無造作に剥ぎ取る。萌の事が頭を過《よぎ》り飛び上がるように跳ね起きた。

部屋の扉の向こうに廊下を横切る看護師が目に入った。彼女も目を覚ました僕に気がつくと駆け寄り声をかけてきた。

「大丈夫？　まだ休んでもいいわよ」

「いえ、大丈夫です。僕……」

「そのまま座り込んで気を失ってしまったみたい」

「あ……そうなんですか……すみません。ご迷惑おかけしました」

「うちは病院だから、良かった、すぐ気がついて。連絡先がなかったからどこにも電話してなかったけど大丈夫かな？」

「あ、はい。もう大丈夫なんで……ありがとうございました」

ベッドから降りると靴を履く。少しよろけそうになる。看護師さんに礼を言う。心配そうに見守る看護師さんの前を申し訳なく思いながら後にした。ポケットからスマホを取り出すと、不在着信とメッセージの嵐だった。

どうやら1時間ほど気を失って眠っていたらしい。冷静に考えればそれはそうだ。

萌ちゃんが学校を休んでから心配でこの数日一睡もできていなかったのだ。


『萌ちゃんに会いに行かなきゃ！』


僕の頭のてっぺんから足の爪先までその思いだけが支配していた。清新大学病院は隣の市にあって自転車で行くと片道1時間近くかかる。これだけの大きな病院からわざわざ隣の市の大きな大学病院に転院しなければいけないほど重病なのか？

自転車置き場に向かうと、倒れている自転車を急いで起こして跨る。

スマホを取り出し、カワケンとフーヤンにメッセージを送る。

『萌ちゃん隣の市の清新大学病院に入院しているみたい。流石に遠いから僕一人で行く。ありがとうね二人とも』

すぐに返信が来る。

『俺達も行くよ』

この時点でもう昼を過ぎて時計は13時を指していた。ここから自転車を飛ばしても1時間、往復2時間かかる。流石に二人を巻き込むわけにはいかない。

『大丈夫。一旦状況を確認してくるから、夜また連絡する。本当にありがとう』

『わかった。無理はすんなよ』

二人からメッセージが返ってくる。僕は必死で自転車を走らせる。風が強いからか、目から涙が流れて止まらない。視界が滲んでくる。走り辛く手で目を何度も擦る。溢れてくる涙を拭っても、拭っても止まらない。

途中の自動販売機でウーロン茶を買うと一気に飲み干した。感情を抑え切れずに暴力的に自販機の横を思いっきり叩いた。大きな音と共に拳が赤くなる。

八つ当たりしても仕方ない事は分かっている。胸が苦しい。頭が変になりそうなくらい心が圧し潰されそうだ。どうしていいのか分からなくて自分で自分を制御できない。

それでも僕は萌ちゃんの下に向かう。それしか残された方法はない。再び自転車に跨ると、ペダルを漕ぎ、力一杯自転車を走らせる。

清新大学病院に着いたのは14時半前だった。流石に1500病床を超えている大学病院だ。うちの市にある大学病院の大きさをはるかに凌駕する宇宙基地のような白いコンクリートの建物が聳え立っていた。

萌ちゃんの下へ

国道から少し入った専用のバスターミナルを抜けると、病院の入り口が見えてくる。平日の午後なのに人の往来が多く、スタッフ、来院する患者やその家族が多い。すれ違う人に目を配りながら1階フロアに駆け足で入った。そのまま壁に貼られたフロア案内図を探した。清潔感のある白で統一されたコンクリートの無機質な病棟が僕を待ち構えていた。照明灯の数が他の病院より多いみたいだ。院内がかなり明るく感じる。

まずは4階の集中治療室を急いで目指した。エレベーターに乗り、4階のボタンを押す。4階に着くと、場違いな高校生の僕に気が付いた看護師さんから声をかけられた。

「すみません、ここ集中治療室フロアなので16時からしか入れませんが、どなたのお見舞いですか？」

僕は逆に看護師さんに質問を返した。

「発作で運ばれた桜井萌の身内のものです。こちらに桜井萌はいますか？」

「えっと……あーあった、高校生の桜井さんね。桜井さんなら本館の14階に今は移っていますよ」

「ありがとうございます」

腰を深く折って礼をし、その場を後にした。

エレベーターに再び乗ると14階を押す。ドアが開くとキョロキョロと左右を見渡す。フロア担当の看護師を見つけた。

「すみません、桜井萌さんは何号室ですか？」

「失礼ですけど……」

「身内のものです」

「えっと……桜井さんは……１４０５号室ですね」

「ありがとうございます」

早歩きで病室の前を目指す。茶色く横開き扉の個室の前で足を止めた。桜井萌の名札が掲げられている。萌ちゃんにようやく辿り着くことができた。

３日間会えなかった不安が僕に一気に襲い掛かった。生唾をゆっくりと飲み込んだ。扉をノックする。どのような状態を目の当たりにしようとも、絶対に萌の前では凛とする。動揺した様子など絶対に見せないとこの時点で心に決めていた。

「あ、はい」

母親らしき女性の声がして、入り口が開く。

「え？　佐藤君、どうしてここが？」

萌の母親は大量に汗をかいている僕にびっくりしていた。

「も、萌ちゃんは？　大丈夫なんですか？」

「ちょっと待ってね。少し外でいいかしら」

母親は病室の外に出てくる。

「あなた……ここがどうやって分かったの？」

「友達にも手伝ってもらい、市内の病院に一軒一軒、片っ端から行って萌ちゃんが入院しているかどうかを調べて回りました。それで、ここにようやく辿り着いたんです」

「市内の病院を片っ端から全部？」

「はい……」

深くため息を吐くと、母親の表情は余計な何かを捨てたように柔らかく一気に変

化した。僕を誘導するようにドアを開け、

「萌、佐藤君がお見舞いに来てくれたよ」

ベッドの方に声をかけた。

「え？　日向くん？　お母さん、ごめん……ちょっと外してくれる」

「あ、うん。じゃあ、お母さん飲み物買ってくるね」

「ごめんね。ありがとう」

「佐藤君、どうぞ入って。私少し席外すね」

萌ちゃん同様に優しい笑顔で僕に話しかけてくれた。素っ気なくされていたと思っていた印象はすぐに掻き消された。母親は財布を持って部屋を出て行き、僕を部屋へと促す。僕は母親とゆっくりと入れ変わるように部屋に入った。

そこにはパジャマを着た萌ちゃんが、点滴と酸素マスクをして弱々しく横になっている。

「萌……ちゃん……」

動揺しないと決めていたが、自分が思っていた以上の萌の状態に正直ショックを受けた。それでも表情には必死に出さないように近くまで寄って行った。必死に作り笑顔で誤魔化しながら話しかける。萌ちゃんも柔らかい表情で僕に微笑み返して来た。

「ごめんね、日向くん……わたし……」

「萌ちゃん……大丈夫？」

謝る言葉を遮る。声をかけ、手を握った。萌は体を起こそうとする。

「そのままでいいから」

僕は起き上がろうとする萌の肩を両手でそっと包む。そのまま寝ていて欲しいと促した。

白い息が酸素マスクを息吐くたび、水滴のように曇っては消える。

「日向くん私……」

萌の両方の透き通るような綺麗な瞳から涙が頬に零れ落ちる。マスクを少し右手でずらした。そこには学校でのいつも元気で天真爛漫な萌ちゃんの姿はなかった。ここに来るまで少しだけ覚悟していた。ただ、実際に目の前にいるいつもと正反対な弱々しい萌ちゃんを見て、自分が絶対に彼女を支えなくてはいけないと勝手に心に誓った。

「萌ちゃん、病気の事知らなくてごめんね、僕……」

僕の目からも涙が一滴一滴零れ落ちる。視界がどんどんぼやけて何を喋っていいか分からない。

「日向くん……私ちゃんと病気の事伝えてなくてごめんね。病気の事伝えて、本当の事知ったら、日向くんに嫌われるんじゃないかと怖かったの」

首を横に大きく振る。

「何で？　どんなことがあっても僕の萌ちゃんに対する想いは変わらないよ」

僕達はその後しばらく言葉にならなかった。ずっと泣きながらお互いの手を強く握り合う時間が続いた。僕の想いを萌ちゃんが感じているように、萌ちゃんの僕に対する強い想いを外で握った時と違って温かい手からすごく感じ取った。

ただただ苦しく愛おしい。その想いが心だけでなく、頭の中から体全体を支配した。しばらく経って、萌ちゃんが口を開いた。

「あのね、私、心臓の病気みたい。でも安静にしていれば大丈夫とはお医者さんは言ってくれてるの」

「今はゆっくりして体を治すことに専念して！」

「ありがとう」

萌の母親

萌は少し息苦しそうだが、ゆっくりと病気のことに触れた。僕は手を握りながら、萌の透き通った瞳を見つめる。

「しばらく入院になっちゃうみたいだけどごめんね」

申し訳ないという想いと病気なんかに負けないという強い意志を持った目で僕に訴えてくる。病気への不安は僕より彼女の方が何百倍、何千倍も感じているに決まっている。だから僕は、

「僕はずっとずっと萌ちゃんの側にいるから……」

僕がそう伝えた瞬間、萌の母親が部屋の外で中に入るタイミングを見計らっているのが見えた。

「どうぞ。これ飲んで」

萌の母親は少し看病で疲れているように見えたが、僕に優しく接してくれた。

「佐藤君、この間は悪かったわね。お父さんも私も……」

両親なら体が弱い娘を心配するのは当然だ。実際そのせいで現に萌は入院している。

「いえ、大丈夫です。僕が連れ出してなければ、こんな事になっていなかったん

じゃ？」

涙を拭きながら母親にこの間の夜のことを謝った。

「違うの。佐藤君が連れ出した事と入院は関係ないの。それは気にしないで」

「本当にすみません」

僕は頭を下げようとする。それを止めるように母親が手を差し伸べ、

「あの日の事を萌から聞いたわ。萌が見たかったストロベリームーンを私達は見せることができなかった。それを佐藤君は実現してくれた。萌が心の底から本当に喜んでいたから私は自分の間違いに気づかされたわ」

「いえ、僕はただ萌ちゃんの喜ぶ顔が見たかっただけです」

「ありがとうね。私は心配のあまり萌の事を雁字搦《がんじがら》めにしてしまい、萌の負担になっていたことにあなたのおかげで気がつけた。娘が本当に喜んでいる姿が私の幸せだったのに。だからあなたには感謝しているの」

「お母さん……」

萌はベッドの上で母親の言葉に詰まる。

「萌、そろそろ薬が効いてくる頃だから少し寝てね。佐藤君とお母さん、少し話してくるから」

「うん」

萌は薬が効いてきたのか、素直に頷く。

「佐藤君ちょっといいかしら……萌、じゃあちょっと佐藤君と話してくるね」

萌ちゃんのお母さんは病室で病気の状態を話し辛いみたいだった。察した僕は、

「あ、はい」

と答える。

「萌ちゃん、ちょっとお母さんと話してくるね」

「うん」

萌ちゃんは薬が効いてきたようだ。泣き疲れたせいもあるのか、安心したように
ゆっくりと瞼《まぶた》を閉じた。

廊下をまっすぐ進むと歓談ルームがあった。椅子と机がいくつか並べられていて、他の患者さんと家族が談笑している。椅子を引き、萌ちゃんのお母さんの真向かいに座ると、

「佐藤君、こんな遠いところまでお見舞いに来てくれて本当にありがとうね」

「いえ、それより萌ちゃんの病気は大丈夫なんですか？」

萌のお母さんは一瞬難しい顔をする。気を取り直したように、

「お医者様からは本来は安静にしていなくては駄目とは言われているの。中学の時にも少し入院したから……」

「……」

ゴクリという音が日向自身の鼓膜に響いた。

「自宅療養で安静にする事になっていたんだけど、どうしても高校に行きたいって聞かなくてね。萌が私達両親に反抗するというか、そういうのは初めてだったから驚いたんだけど……」

笑顔を取り繕う。

「萌ちゃんは学校に来る事は、本当はできなかったレベルの病気って事ですか？」

深いため息を吐くと、首を縦にゆっくり振った。

「お医者さんには自宅療養を勧められていたから、無理をすればこういう風に入院する事も本人は納得済みだったし、私達も覚悟はしていたの」

言葉が出なかった。

「だったらなぜ学校に……」

絞り出した言葉にお母さんが返す。

「毎日学校に行くのが本当に楽しそうだったのあの子。だから私達も萌の思いを尊重したの」

お母さんの目から涙が零れ落ちる。

「でも僕が連れ出さなきゃ、入院が早まる事もなかったんじゃ？」

「そんな事はないわ。さっきも言ったけどそれは気にしないでね。遅かれ早かれ今回の入院は免れなかったと思うわ」

萌ちゃんのお母さんはハンカチで両目を押さえた。

「でも……」

僕は自分を責め続けた。

「本当に気にしないで！　萌が高校に絶対通いたいって言い出したのは、佐藤君が理由なの」

どういう意味か分からなかった。

「僕ですか？」

「そう。萌は高校に行く事ができるって分かった時に本当に嬉しそうだったの」

「でも僕と萌ちゃんは入学式まで面識がなかったと思いますが……」

「あの子が人を好きになったのを母親なら分かるものよ。心配で仕方なかったけど、応援はしてあげたいって思っていたの。応援したい気持ちと、体が弱い萌が心配の両極端な葛藤が私の中にもずっとあったわ……」

一呼吸の後続けた。

「でもあまりにもあなたとの事を萌が楽しそうに話すから。発作が出てベッドであんなにきつそうなのに、あなたの話の時だけ本当に笑顔なの」

優しく柔らかく、そして温かい言葉で僕に語りかけてくる。萌ちゃんの心根の優しさは元来このお母さんの優しさを引き継いだものだ。笑った顔が萌ちゃんはお母さんにそっくりだった。

決意

「僕、毎日お見舞いに来ていいですか？」

「え？　毎日？　大変じゃない？」

萌ちゃんのお母さんは少し驚いた表情をした。

「いえ、大丈夫です」

「ちなみにここまで来るのに今日は何で来たの？」

「自転車です」

「自転車？　自転車だと1時間はかかるでしょ？」

「大丈夫です。僕元気だけが取り柄なので、お見舞いに来させてください！」

「毎日は大変だから、来られる時にだけ来てくれるのでいいわよ」

「いえ、毎日迷惑でなければ来させてください！」

少し困った顔になったがすぐに、

「分かったわ。だったら大変だから電車とバスの方が良くない？　あ、お金の事は気にしないで、私が払うから。来てくれる事を萌が本当に喜ぶから……」

お母さんは優しい笑みを湛え提案してくれた。

「いえ、お金は大丈夫です。僕、自転車で来ますから」

「本当に？　あの子喜ぶわ。本当にありがとうね……」

椅子に座りながら萌ちゃんのお母さんは深々と頭を下げ、再び涙をハンカチで拭った。

「今日は、萌は薬でこのまま寝てしまうと思うの。佐藤君はもう帰った方がいいかも。萌には明日も来てくれるって伝えといていいのかな？」

「はいもちろん」

「本当に無理はしないでね。この時間に来てくれたって事は、今日は学校サボったでしょ？」

「あ、はい」

「それは困るわ。もう学校をサボってのお見舞いは止めてね。佐藤君の親御さんに申し訳が立たないので」

一呼吸入れ、頭を下げる。

「あ、はい」

「でも本当にありがとう。佐藤君には感謝しかないわ！　萌は病院では私にあなたのことばかり話すの。あなたのことを話す時、心の底から嬉しそうなの。あんなに生き生きしている娘を見るのは初めてよ。それじゃあ、無理させて申し訳ないけど、明日また来てくれる？」

「分かりました。ご心配ありがとうございます」

僕は会釈して、その場を後にした。自転車置き場でカワケンとフーヤンにメッセージを送る。内容についてはあえて詳しくは書かなかった。それと萌ちゃんが入院している事は僕達だけの秘密にしてくれともお願いした。それは、萌ちゃんのお母さんが帰り際に言った言葉が気にかかったからだ。

「佐藤君、萌はもしかしたら入院がこのまま長引くかもしれないの。もし、お見舞いに来るのが辛くなったり、負担になったらすぐに言ってね。絶対に無理はしないでね」

長引くかもしれない。僕の不安を煽るようにその言葉がぐるぐると頭の中を帰りの道中も駆け巡った。

1時間かけようやく慣れ親しんだ景色に戻ってきた。時間は18時を指していた。

それを確認したところまで記憶があるが、やはり疲れていたのかソファでそのまま寝落ちしてしまった。21時頃に萌から来たメッセージで目が覚めた。ボンヤリした視界でスマホの画面を確認する。

『今日は遠くまでありがとうね♡』

『全然平気』

『今度来てくれる時は自転車じゃなく電車とバスにして欲しいんだけど』

『何で？』

『心配だから』

『大丈夫だよ』

『往復2時間近くはきついでしょ？』

『大丈夫。いい運動になるよ』

『でも、逆だったら心配でしょ？』

『そうだけど……』

『もしも来てくれるならお願い！　電車とバスにして！』

『うん。なるべくそうする』

『お金は私払うから』

『大丈夫だよ』

『いいの、無理させてるからお願い』

『それは逆だったら思わないでしょ？』

『そうだけど』

『じゃあ僕は電車とバスでお見舞いに行くのを譲る。お金は僕が出すのは萌ちゃんが譲るってことでいい？』

『でも往復で千円くらいかかるでしょ？』

そんなやり取りがあった。結果、平日は電車とバス中心に決まった。時間はお見舞い終了時間の19時までいてもいい。土日は自転車で通う。ただし、晴れの日限定。暗くなる前の18時には病院を出ることで落ち着いた。お金は最後までいいと断ったが、萌ちゃんのお母さんが譲らず全額負担してもらうという事で落ち着いた。

友情

次の日、学校で三田に三人で呼び出しをくらう。カワケンとフーヤンには申し訳ない。担任の山下が間に入って最後は事なきを得たが、重箱の隅をチクチクとつつくような説教を食らった。

体育教官室から教室に戻る間、

「ごめんねカワケン、フーヤン」

僕は二人を巻き込んだことを謝った。二人は気にするなを連発する。

「で、桜井の具合はどうなんだ？」

「分からないんだ。もしかしたら入院が長引くかもしれないって萌ちゃんのお母さんが……」

元気がない僕の言葉に二人の表情も少し曇る。

「ってことは重病ってことなのか？」

「いや、安静にしていれば問題なかったみたいにお母さんは言っていたけど、詳細までは聞けなかったから」

溜息を吐く僕の肩にギュッと手をかけ、

「心配すんな、絶対良くなるよ」

カワケンはあえて楽観的な言葉と表情で僕を元気づけてくれる。

「うん」

僕も笑顔で返した。フーヤンが続ける。

「で、お見舞いはこれから行くのか？」

「うん。毎日行こうと思っている」

「毎日？」

「うん」

「大丈夫かお前？　隣の市まで自転車で毎日往復2時間はしんどいだろ」

フーヤンは心配そうな顔で僕の表情を覗き込む。

「普通の日は電車とバス中心。お金を向こうのお母さんが出してくれるって言うけど、悪いから自転車で行ける日は自転車でって思ってる」

「体力持つか？　頑張っている日向に俺からのプレゼントや」

フーヤンは自販機でジュースのボタンを押す。出てきたペットボトルを僕に投げた。

「あ、ありがとう」

「じゃあ、俺も」

カワケンは栄養ドリンクのボタンを2回押した。取り口から2本取り出すとジュースのペットボトルの上に、無理やり冷たい瓶の栄養ドリンクを持たせてくる。

ありがたいが、落としそうになる。

「まずは今1本飲んでおけ！　今日のスタミナ補給だ」

そう言うと蓋を回して開けてくれ、僕の前に差し出した。フーヤンはジュースのペットボトルともう1本の栄養ドリンクを持ってくれる。

軽く頭を下げると僕は一気にもらった栄養ドリンクを飲み干した。二人のオーッという声と共に。そのまま瓶を回収箱に捨て、二人に改めて御礼を言った。決まって二人は、

「俺達友達だろ？」

の言葉と共に優しい面持ちでいつも僕を助けてくれる。

「本当にありがとう」

もう一度感謝の気持ちを伝えた。

僕はそれから毎日病院にお見舞いに行った。自転車で行けるときは自転車を使って、お金は受け取らなかった。

電車とバスでお見舞いに行くときは、まずは地元の駅に自転車を置く。ＩＣカードをタッチして改札を通過する。10段ほどの階段を上ると、左右にエスカレーター

が配備されている。病院方面行きの3番ホームで電車を待つ。6両編成の各駅停車に乗ると、隣の市まで4つほど駅を越える。乗車時間は約15分。そこから駅を出てバスターミナルを目指す。56系統のバスは3番乗り場から発車する。そこから清新大学病院行きバスに乗って約15分。電車やバスを待つ時間なんかを入れると合計1時間くらいかかった。

僕としては自転車でも1時間、電車とバスでも1時間なら自転車で来た方が都合がいい。夏休みになれば毎日自転車で通えば良い。でも夏休み前には退院できる。そう信じていた。

電車とバスに乗っている時間も自転車の時もいつも萌の事だけを考えた。

何をすれば萌は喜んでくれるだろうか？

退屈な入院生活を少しでも楽しむにはどうすればいいか？

電車とバスと自転車の往復の中は時間が有り余り、色々考える事に費やした。極力ポジティブな事以外考えないと決めていた。

幻想的な光

今日で萌が入院して10日くらい経った。もっと長い時間会いたいが、あまり無理はさせられない。少しでもこの声、笑顔を見ることができて、僕自身が嬉しくて仕方ない。もっと一緒にいたい。もっと喜ぶ顔が見たい。

今日はプレゼントがある。病室をノックする。「どうぞ」の声でドアから顔を覗かせると萌が上半身を起こしている。ベッドから満面の笑みで僕を迎えてくれた。今日は呼吸器をつけていない。少し体が楽そうで良かった。

「萌ちゃん！」

少しだけ悪巧みをした顔で後ろにプレゼントを隠して近づいた。

「何？　何か後ろに隠しているでしょ？」

勘の鋭い萌に見抜かれる。

「じゃーん！」

「え？　何？」

緑色のプラスチック製の虫カゴを見て不思議そうな顔をする萌。

「蛍！　ゲンジボタル！」

「え？」

「ほら、この前萌ちゃん、蛍見たいって言ってたでしょ？」

「えーホント？　光るの間近で見た事ないから嬉しい！」

眩しいほどの笑顔。

「良かった。その顔を見られたら嬉しいよ僕も」

「その蛍どうしたの？」

「昨日の夜、目乃美川の上流まで行って捕ってきたんだ」

「え？　あの山奥まで行ってくれたの？」

「お祖父ちゃんに蛍ってどこにいるの？って訊いたら、んじゃ連れて行ってやるって車で一緒に捕りに行ったんだ。ゲンジボタルは綺麗だぞって祖父ちゃん自慢気に言ってたよ。だから今日の夜すごく綺麗に光るといいね」

「ありがとう。お祖父ちゃんにもお礼伝えといてね」

「うん。30匹くらいいるよ。夜になったら光るから観賞してみて。僕も部屋の中で光るの見たけどすごかったよ」

「うん……後、あのね。お願いがあるんだけどいいかな？」

「何？」

「怒らないでね！　明日元いた場所に蛍を返してもいいかな？　ここにずっと置いておくのは蛍も可哀想だから……」

「いいけど、どうやって？」

「お母さんに頼んでみる」

「それは悪いから、じゃあ、僕が祖父ちゃんとまた返しに行ってくるよ」

「ごめんね。お祖父ちゃんにも謝っといてもらえる？」

「大丈夫。お祖父ちゃん車の運転好きだから。萌ちゃんが夜になって、蛍の光を目の前で見て喜んでくれたらそれで僕もお祖父ちゃんも満足だから」

「日向くん……どうしてそんなに優しいの？」

僕に言わせれば萌ちゃんの方が優しい。蛍を気にする優しさが彼女の心根の綺麗さを物語っているとも思っていた。

「いや、萌ちゃんの喜ぶ顔見たら、何度もその顔が見たいって思っちゃうんだよね僕」

「ごめんね。退院したら、来年は蛍がいっぱいいる川のほとりに連れて行ってくれる？」

「もちろん、でも虫除けスプレーもいるし、長袖長ズボン、長靴じゃないと大変だよ。それでも大丈夫？」

「うん、じゃあ長靴買うね」

そんな他愛もない会話が二人の気持ちを紡いで行った。

家に帰り着き、食事と風呂を終え、部屋に戻るとメッセージがスマホに届いていた。病室を暗くし、蛍が光っているところを撮った動画付きだった。

『綺麗。神秘的だね。わざわざ山奥までありがとう。こんなに目の前で蛍が光るのを見たのが初めてだからすごく嬉しい』

そして、萌が入院してから20日経過した。退院の目処は立っていないらしい。萌の母親に訊くが先生からは曖昧な返答しかもらえていないとの事だった。

萌の病状はあまり良くなく、気丈に振る舞うが、体調が悪く横になる時間が増えて行った。立ち上がって院内を散歩する事も少しずつ減ってきた。

夜空の花

萌が入院したまま7月に入った。一度だけ、日曜日だけど自転車ではなく、18時までの約束を破って夜まで1階のロビーで待機した。萌が寝る前の21時にメッセージを送る。

『窓の外を見て！』

『え？』

『いいから窓の外』

『うん』

『準備はいい？』

『うん』

その返事を合図に僕は動いた。敷地内に打ち上げ花火をセットしていたのだ。導火線を結んで20個ほど連結させた。自分でも今回は大胆な事をするなと思った。導火線に火をつけた。順番に打ち上がる花火。

音を立てて一斉に火花の噴火と打ち上げが繰り返される。静かな場所に似つかわしくない花火の音が病院の敷地内に響き渡る。すでに暗くなっていた部屋の電気が一気に点灯する。警備員が数人、駐車場に設置された花火の周りに集まってくる。

最後まで綺麗に上がるように打ち上げの成功を祈る。少し離れた場所から最後の花火が上がったのを見終えると、萌に再び電話をかけた。

「萌ちゃん見られた？」

「アハハ。もー駄目だよ絶対。怒られるよバレたら」

萌の声に少しだけいつもの元気が戻った気がした。

「萌ちゃんがバラさなきゃ僕だって分からないから……」

意味深に笑う僕につられて萌も笑う。

しばらく打ち上げ花火の余韻が続いた。警備員も花火が最後まで上がり終えるまで見守るしかできなかったが、終わり次第回収作業に入った。

「もう、絶対駄目だからね……でもありがとう」

「いえいえ、どういたしまして」

「ねえ、私が今年、花火大会は無理そうだねって言ったの気にしてくれてたんだね。日向くんの花火ですごく元気出たよ。病気なんかに負けない！　絶対頑張って退院するから……」

電話の向こうで萌の泣いている声が聞こえた。

「萌ちゃん……来年の花火大会は浴衣姿見せてね！」

僕は明るく話しかけた。

「うん」

「じゃあ、僕謝ってくる」

「え？　大丈夫？」

「平気平気！」


病院の人や警備の人には本当に申し訳ない事をしたとは思った。後片付けをしに戻る。警備の人からめちゃくちゃ怒られた。名前を書かされ、親に電話される。家に帰ったら大説教だと覚悟した。でも申し訳ないとは思ったが、萌ちゃんに夏の花火を見せる事ができて本当に良かったとも思った。

迷惑かけた大人の皆さん本当にごめんなさい。僕は何度もバスの中で心から謝罪した。

萌が入院してもうすぐ一ケ月が経過しようとしていた。僕は、好転せず変わらないこの状況に少し苛立ちを感じていた。

病名

病院の入り口に到着すると、その二人の姿が目に飛び込んできた。1階の診察室から出て来た萌の母親と主治医の先生のようだ。萌の母親が泣いていて、様子が変だった。

「萌ちゃんのお母さん？」

小走りで駆け寄る。お母さんは僕を見ると取り繕うように涙を拭って平静を装った。

「どうしたんですか？」

僕はお母さんに訊ねる。

「あ、佐藤君、何でもないのよ」

「でも……先生、萌ちゃんは大丈夫なんですか？」

僕は思わず先生に矛先を向けた。先生は僕の勢いに少し気圧されながらも冷静に、

「彼は？」

母親に僕の存在について訊ねた。

「娘がお付き合いしている佐藤君です」

僕の素性を主治医に伝える。

「彼にも伝えたいんですが良いでしょうか？」

萌ちゃんのお母さんが突然放った言葉に、主治医は沈痛な面持ちで考え込んだ。

そして僕の方を見る。

「桜井さんがよろしければ」

覚悟を決めたように、

「佐藤君、全てを知りたい？　それがどんな真実でも？」

僕は一瞬、真正直な眼差しに躊躇したが、

「はい。教えてください。僕は大丈夫です」

勝手に口から言葉が零れ落ちていた。じゃあ、個室でと主治医に促され、診察室に萌の母親と三人で入る。重い空気の中、椅子に座った。

「桜井さん、彼はご家族ではありませんが、私から説明してよろしいでしょうか？」

「はい」

萌の母親は下を向き、深々と頭を下げた。主治医は一つ短い溜息を吐くと、

「では、ご説明します。桜井萌さんは重度の拡張型心筋症に罹《かか》っています」

主治医の先生は僕の目にしっかり目線を合わせる。聞き慣れない病名を伝えてきた。

「え？　ちょっと待ってください！　拡張型心筋症ってなんですか？　それって助かるんですよね？」

僕は先生の方に体を乗り出した。入院して一ケ月も好転しないから、何かしらの重病だとは思っていたが、命にまで関わる病気だとは思ってもみなかった。

無機質で無味乾燥な空気の診察室の中。その温度感に反し、理不尽に高校生に詰め寄られて困っている主治医。それでも矢継ぎ早に僕は続けた。僕にとっては消化したくても全くできない事態が現実に目の前で起こっているのだ。その聞き慣れない重病そうな病名に、心が押し潰されそうになった。

なぜ萌ちゃんがそんな重い病気になっているのか？

縋《すが》る思いで、

「先生！　拡張型心筋症って助かりますよね？　ね？　絶対大丈夫ですよね？」

すでに頬は涙で濡れている。鼻水も涎《よだれ》も出ているのも構わない。声を押し殺して泣き喚《わめ》くのを必死に我慢し、先生に体ごと激しく迫る。隣で萌の母親のすすり泣く声が聞こえる。

どうして？　何で？　その二つの言葉がぐるぐる頭の中を駆け巡る。

「まず、ここにある心臓は筋肉でできていることを知っていますか？　心臓には4つの部屋があって、それぞれの部屋の筋肉が収縮することでポンプの役割を果たして全身に血液が運ばれています。拡張型心筋症では、その心臓の筋肉がダメージを受けて壁が薄くなってしまいます。ポンプの機能を補うためにお部屋の大きさを大きくして対応しますが、残念なことにこの病気は進行性です。時間と共に血液を送り出す力が低下して、肺や体に血液がとどまってしまううっ血性心不全という状態になります。その後、さらに心臓の部屋は大きくなっていきますが、最終的には対応できず破綻します」

主治医は僕とは正反対に冷静に淡々と続ける。

「拡張型心筋症は、左心室の壁が伸びて血液をうまく送り出せなくなるんです。そうなるとうっ血性心不全を起こしやすくなります。左心室の血液を送り出す力は、心臓の壁が薄く伸びてしまうほど弱まる。心筋の伸びの程度で重症度が変わってくるんです。ここまで分かりますか？」

意味は良く分からなくてもいい。命に別状はありません。その一言が主治医の口から伝えられるのを信じた。

「で、助かるかどうか？　僕が訊きたいのはそれだけなんです！」

「一般的に拡張型心筋症の5年生存率は76％。でも、突然死の発生も稀ではありません」

「は？　先生は残りの24％は死ぬって言っているんですか？……」

「あくまで一般論です。ところが萌さんはその中でも、バチスタ手術も、心臓移植もできない前例がない非常に珍しいケースなんです。今の最先端の医療でも手の施しようがありません……しかも血液を送り出す力が最近かなり弱まってます」

主治医は家族以外の部外者の僕に対しても、優しく誠実に伝えてくれた。ただ、残酷な真実を添えて。僕は力が抜け椅子から体ごと滑り落ちる。床に座りこんで茫然自失の状態になってしまった。

もう……何も考えられない。

「残念ですが萌さんは長くは……この事はご本人もご存じです」

「長くはってどういう事ですか？　あと何年？　ねえあと何年？」

「今の状況から判断すると残り一、二ケ月ではないかと……」

僕にとって衝撃すぎる一番残酷な余命宣告だった。

後ろから萌の母親が嗚咽《おえつ》と共に僕の背中に崩れ落ちた。

「ごめんなさい。娘に病状の事を佐藤君に話すのを止められていたから……」

それ以上は声にならなかった。

自責

萌は誕生日の日、プールに制服のまま入って来た。夜の月も一緒に見に行った。

そんな大きな病気なら……そんな大変な病気だって知っていたなら、夜月を見になんて誘ったりしなかった。萌は自分で自分の病気の事を知っていたのに……それじゃあまるで自殺行為じゃないか！

萌は自分の命を削っていたのか。

その日はショックで気持ちを整理する事ができなかったので、萌に会う事ができずそのまま帰った。萌の母親には体調不良という事にしてもらった。どうやって駅まで帰ったかはほとんど覚えていない。

駐輪場から家に帰る途中に大雨が降ってきた。大粒の横殴りの雨が僕の顔にこれでもかと降り注ぐ。僕はもうどうなってもいいと思った。思いっきり自転車を漕いだ。何かに躓《つまず》き、自転車が宙を舞った。顔から地面に叩きつけられ頬を地面で擦った。感覚が鈍っているのか痛みを全く感じない。

「どうして……どうして……萌ちゃんなんだよ！」

もう正直自分の存在なんてどうでもよくなった。大の字になり空に向かって叫ぶ。

「え？　日向？　ちょっとー」

全身色々な場所から血を流しているのを見つけると、急いで傘を捨て横たわる僕を抱き抱える。

錆びた鉄の味

「日向……あんた一体何やってんの？　ねえ、日向ってば」

怪我が原因かあまり目が開かない。聞き覚えのある声の方に開き辛い目をゆっくり開けてみる。大雨の中僕は泣きじゃくる高遠麗の腕の中にいた。

「……何で麗がここに居んの？」

「つうか、救急車呼ばなきゃ！」

「いや、大丈夫。大した傷じゃない。どこも折れてもないし、立てるから。ただの擦り傷だよ」

「ねえ、この原因にも桜井萌が関係してるわけ？」

改めて萌の名前を聞いて現実に戻される。僕の中で桜井萌が全身頭のてっぺんから足の爪先まで詰まっているのだ。麗の質問の答えに困っていると、

「そんな日向見てられないよ」

麗の腕を解き、自力で立とうとする。思ったより腰を強打したみたいで立つのがやっとだった。麗が必死に肩を貸そうとする。萌とは違った匂いがした。

その瞬間、反射的に麗を拒み、逆の腕で咄嗟に突き放してしまった。

「ごめん。麗に血がつくから離れてなよ！　もしも痛くなったら病院行くから」

そう言うしかなかった。萌以外の女の子の側にいたくなかったのだ。

「だって、日向ボロボロじゃん。何で桜井萌なの？　ねえ日向？」

麗の悲しそうな声が響く。

「……どうしていいか分からないんだ」

「日向……」

知らない通りすがりの大人の人達が大丈夫かと何人も、何度も訊いてきた。

麗を含め、色々な人を巻き込んだ事を反省する。頭を何度も下げ、大丈夫ですと繰り返した。

麗にも何度も謝った。時間の経過が気持ちをほんの少しだけ落ち着かせてくれた。

「ごめん。麗を巻き込んで」

「私と日向は幼馴染でしょ？　そんなん気にしなくていいよ！」

僕が濡れないように傘をずっとさしてくれている麗にお礼を伝える。

「ありがとう。いってー……口の中切ってるみたいで……人に殴られたらこんな感じなんだろうな」

麗との会話で現実に戻され、口の中やズキズキする全身の痛みが増してきたのに気がついた。口の中は錆びた鉄の味で一杯になる。麗に手渡された水で口をゆすいで赤いドロッとした液体を吐き出した。思った以上に口の中が切れていて、話し辛い。

「日向は一生喧嘩とかに無縁そうだもんね」

クスッと笑った。こんなにも麗は優しい顔をするんだと気付かされた。

麗のおかげでわずかに心の重荷みたいなものから解放された気がした。ほんの、ほんの少しだけだが……。

「ごめん麗……ありがとう。じゃあ僕帰るよ」

「仕方ない。幼馴染のよしみで一緒に帰ってやるか」

「それ、帰る方向が一緒なだけじゃん」

足を引きずりながら自転車をゆっくりと押す。家まで傘をさして一緒に付き合ってくれる麗には感謝しかない。

麗はいつも以上に色々な事を話しかけてくれていた。僕は考え事をしながらずっと黙って聞いているだけだった。

それでも今日知った残酷な事実は誰にも言えなかった。萌がいなくなるかもしれない。それは自分にとって一番の恐怖。言葉にしたら現実になりそうで怖かったのだ。
その瞬間、萌からメッセージが入った。
『今日病院に日向くん来なかったけど大丈夫？』
すぐに返信する。
『ごめん。今日は体調が悪くて。明日はちゃんとお見舞いに行くね』
短い文章が数分単位で送られてくる。
『うん。無理はしないでね』
『毎日は難しいと思っているから』
『でも……日向くんがお見舞いに来てくれるのが一番嬉しい』
『病院の窓から日向くんが帰って行くのを見るのがすごく寂しい』
ゆっくり待って返信する。
『僕も萌ちゃんに会えるのが一番嬉しいから。今日はごめんね』
明日お見舞いに行ったときにこの顔をどう説明するか……と共に、萌の病気の真相を知ってしまいどう接すればいいのかを自転車を押しながらずっと考えていた。

家に到着する。

麗が覚悟したように、

「私ね、日向のこと……」

何かを言いかけた時、母親がちょうど玄関から出てきて僕の顔を見て驚き駆け寄る。

「日向、どうしたのその怪我？」

「自転車でこけて……麗に助けてもらったんだ」

「麗ちゃんありがとうね！　ほら家に入って早く消毒しなきゃ！」

母親と一緒に麗に礼を言って別れた。麗はずっと不安そうな顔で僕を見つめていた。

母親は着替えを渡して風呂に入るのを促す。この前は花火の事で病院から、今度は自爆とは言え自転車事故でこんな顔に。親に心配かけてばかりだ。申し訳ない。

消毒した擦り傷をガーゼで覆い、打撲に湿布をしたまま僕はプレッシャーから解き放たれるようにベッドの上で泣き疲れて寝てしまった。

第5章

告白

はじめまして

私、自暴自棄になる。人生に絶望する。女子高生になるのを諦めた。神様を恨んだ。神様に呆れた。15歳。たった15年しか生きていない女子中学生に神様は無差別に、関係なくよくもこんな残酷な運命を与えてくれたもんだ。無差別？　いや私狙い撃ち？　もうどっちでもいいよ。いくら私が飛び抜けて明るく元気なタイプの女の子でもこれは正直落ち込むよ。

〝余命1年の可能性〟
〝高校を卒業するのは難しいです〟

重すぎる死の宣告。医療ドラマでしか見た事がなかった余命宣告。それが現実。

目の当たり。いや当事者じゃん。このまま高校受験なんて何の意味もない。

絶望と絶望の重なり合いに押し潰されそうになる。

両親には心臓の事で余命宣告をされた場合、絶対に伝えてくれとお願いしていた。私の余命を知る権利は私にあると強く宣言していたからだ。

その時二人とも涙を流し、私も言葉にならなかった。両親は私の意志を尊重してくれた。そんな両親に本当に感謝している。

でも流石に今日だけは落ち込んでもいいかな？　と自分で自分を擁護してみる。

中学3年生の秋。自殺した方がいいのかな？　そうでも思わなければ、やってられない余命宣告を受けた病院の帰り道。寄り道したショッピングモールのゲームセンターで、私は彼に会ったのだ。

余命宣告でどんよりとした雰囲気の車の中で、母に気分転換を提案した。ショッピングモールのゲームセンターで、私は遊んでいるから、お母さんも気分転換に買い物に行っておいでよと強く勧めたのだ。

そんな事でお母さんの気分が晴れる訳がないのは分かっている。最愛の一人娘が1時間前に死の宣告をされた。今日はお父さんがいて本当に良かった。お父さんのあんな顔初めて見たかもしれない。ショックで二人とも顔が強張っていた。お父さんにとっても世界一大事な娘のはず。明るくしてねと伝えても、それは無理というものか……。

お父さんには、お母さんの付き添いで買い物に行ってもらった。とは言え、私を一人にできないのだろう。陰から私を観察しているのがバレバレだった。正直どんな空間でもいいから一人になりたかった。

「大丈夫！　私は平気」と何度も二人には伝えた。喧騒の中でも私は一人ぼっち。周りにいる人達は1年後も2年後も10年後もほとんど生きていられる人達。でも私は余命1年。1年ももたないってことだって十分に有り得る。どんな元気な子でさえ、そりゃ落ち込むよね。

カラ元気な私を神様褒めてよ。心の底から恨み辛みは言ってないんだから。恨むとは言ったが、呆れたとも言ったが、大した怨念じゃないから安心して！

神様、あなたに感謝している事もあるの。だって彼に会わせてくれたから……。

「お母さん、欲しいー。ミーちゃんあのヌイグルミが欲しいー。どうしても欲しーの」
3、4歳の女の子が、母親のスカートの裾をつかんで地団駄を踏みながら泣き喚いている。私は5メートルほど離れたベンチでその様子をぼんやりと眺めていた。死の宣告をされたばかりの私の中には、泣き喚いている女の子の気持ちに寄り添えるほど余裕がなかった。ただただボーッとその様子を、つけっぱなしのテレビを見るように軽く気に留める程度だった。
その子の母親は百円玉を何枚かコインの投入口に入れる。一生懸命クレーンを操るがその子が欲しがるヌイグルミを全く取ることができない。その後も何度かクレーンゲームにチャレンジしたが、諦めたのかその場を無理やり女の子の手を引っ張り立ち去ろうとする。女の子は泣き喚き続けている。フロア中にその声が響いている。私にとっては耳障りでもなく、その時はただ無機質なＢＧＭのように聞こえていた。

それもそうか……余命宣告記念日だもんね。

一人の少年がクレーンゲームの前に現れた。何枚か百円玉を入れて、先ほどの女の子が欲しがっていたヌイグルミを取ろうとしているようだ。少し取りやすくなっていたのか、何度目かのチャレンジで取る事ができた。私の中であーあ残念、彼に取られちゃったね。女の子可哀想だな。と思った瞬間、彼はそのヌイグルミを持って、ダッシュで走って喚き声の方に向かった。

そして女の子の前に行くと、

「はい。忘れ物だよ」

と優しく微笑んでそのヌイグルミを渡してその場をすぐに立ち去って行ったのだ。

空っぽの私の心を何かくすぐったい風が通過した。

身長は１７０センチくらい。かなり細身の彼は、何度もお礼を言う母親を両手で制し、気恥ずかしそうに照れながら逆に頭を下げ去って行った。肩にかけていたバッグが青山三中のバッグだった。

二度目まして

3月2日

今日とってもいい事があった。偶然彼に会えたのだ。そうあのゲームセンターの彼。これって神様が余命いくばくもない私を可哀想に思い、彼に会う機会をプレゼントしてくれたんだと信じる事にした。だから今日から片想い日記をつける事にした。

まずは彼との出会いを書いておく……。

……とここまでが彼との出会いだ。

余命宣告から半年。残りの1日1日を大切にしなければいけない。まさか彼が同じ高校を受けているとは思わなかった。

教室に入り、２つ前の席に座って参考書を必死に読んでいる。あの時の青山三中の彼だった。私は高校に入学するかを悩んでいたが、通う、通わないにかかわらず一応受験はする事にしていた。ただそれだけだった。幸い体の調子は安定していた。発作が出る事もなく普通に暮らすには何の支障もない、そんな平凡な生活を送っていた。

試験なのに私だけ違う感情だったと思う。入試の緊張とかは全くなかったけど、彼と再会できた事がすごく嬉しかった。この瞬間、彼と同じ学校に通う、人生最後までの私の目標ができたのだ。女子中学生のささやかな楽しみ。そのくらいいいよね神様？　その時、彼の前の男の子が大きな声を出した。

「やべー。消しゴム忘れたー。やべー、誰か持ってない？」

「バカじゃね？　お前！　ハイ試験落ちたー」

「入試当日に消しゴム忘れるバカいる？」

「やめろよ縁起が悪いだろ！」

消しゴムを忘れた彼は男友達に揶揄われている。

筆箱を開けたりバッグを開けたり閉めたり慌てふためいていた。本人としては死活問題だろう、深刻そうな表情にみるみる変わっていった。

なぜだか後ろに座る青山三中の彼は自分の筆箱から消しゴムを一つ取り出した。その後、一旦体を屈めて、再び体を元の体勢に戻す。騒いでいた男子の背中を軽く叩いて、

「これ君のでしょ？　落ちてたよ」

「あ、ありがとう」

もちろん青山三中の子の消しゴムで、その男子の消しゴムではない。微妙な表情をしながらも、前の席の男子生徒が感謝しているのだけは伝わった。恥をかかせないよう彼の落とし物として渡してあげる優しさと気の遣い方に正直びっくりした。

赤の他人にこんなに優しくできる人が世の中に本当にいるんだと感心した。全身

が優しさでできているみたいだなって思ったよ。

ゲームセンターでの女の子の出来事も、今日見た光景も、あなたの存在が私の心を強く握りしめたの。ゲームセンターの時から、すでに私は彼の事をずっと気にかけていたのかもしれない。

短く刈られた無造作な髪型は今時っぽくなく、ジェルやムースの類はつけていない。幼さが同居する目は笑うとクシャッとなる。人の良さが顔に出ている。

素朴で純情そうなと言っても言い過ぎではない彼に私は心を奪われた。たぶん人生最後の恋。

顔も私の好きな顔だった。塩顔っていうのかな。目がクシャッてなるところなんかすごく可愛いって思える。

もうこの時点で余命半年の私が恋に落ちた……。

それはこの世からいなくなるからという焦りとか、そういう考え方とは縁遠かったと思う。理屈ではなく、自分勝手な表現をすると、とても純粋なもののような気がした。

私は人生最後に人を好きになって人生を全うする事ができる……かもしれないと勝手にワクワクした。片想いで構わない。私が最後に好きになった人は飾りっ気のない、パッと見派手とは縁遠い優しさの塊のような人だ。

休憩時間に机に貼られた受験番号と名前をさり気なくチェックした。

佐藤日向……さとうひなた？　それともひゅうが？

と読むのかどっちだろう？　その疑問はちょっかいを出しに来た彼の友達のお陰で容易に解決できた。青山三中の彼を名前で呼んでくれて感謝する。

〝さとうひなた〟

この名前が私の人生最初で最後に好きになった人の名前だ。不謹慎だが試験中も〝さとうひなた〟を頭の中で数百回連呼していた。試験が終わると、彼は友達と楽しそうに下校して行く。帰った後の机に貼られたシールを記念にもらう事にした。2日間が幸せな時間だった。試験を真剣に受けていた子達に対しては不謹慎でごめんなさい。

日記初日、こんなにも書いてしまった。汗。こんな文字量で続けられるかな私？

神様やるー

4月9日
本当に焦ったし、本当に驚いた。テンションマックス。神様っているんだ。余命いくばくもない私に最大のプレゼント。心の中で神様もやるーって叫んでやった。
入学式数日前に少し体調を崩した私は、病院に寄ってから入学式に遅れて参加する事になった。

驚いたことに高校の駐車場に車を停め、両親が校長室に挨拶に行っている間に、何と彼とバッタリ会ったのだ。

三度目は偶然では表せない再会率。もちろん同じ高校に入学しているので、会う可能性は高いけれど、入学式に出ているはずの彼がなぜか私の目の前に現れたのだ。

前日に学校を訪れ、両親と一緒に予めクラス名簿を渡されていた。そこに私の名前と彼の名前があった事にも驚いた。一人でその名簿を見ながらベッドの上で寝転がりながらニヤニヤした。客観的に見たら紙を見てニヤニヤしている女子高生は誰でも気持ち悪い。でも、そんな事はどうでも良い。だって一緒のクラスだよ。嬉し過ぎる。

余命半年と宣告した神様に憎まれ口を叩きながらも、その憎い神様に感謝する。不思議な感情が私の心の中を一杯にした。その感情は明らかに陰ではなく陽の感情だった。彼がいきなり目の前にいるミラクルなんだもん。本当に焦った。ビックりってもんじゃない。

私は自分の感情を抑える事ができなかった。なんと私、自分でも頭がおかしくなったのかと思ったよ。だって勢いで彼に話しかけちゃったんだもん。彼は警戒する表情と優しい表情を繰り返す。そりゃそうだ。正体不明の女子にいきなり声かけられたら、それが学校でも誰でも引くよね？

しかもその後には席が前後というサプライズが私の感情の波に決定打を出した。嬉しい気持ちを全くと言っていいほど抑えられず、人生初の告白をしてしまったのだ。

女の子から入学式にいきなり告白。正直困ったと思う。

人生初の告白は恥ずかしかったし、勇気がいった。でも無謀な告白は成功した。「うん」って言ってくれたのが嬉しかった。本当は少しずつ仲良くなって少しずつ好きになるのが恋だって思っていた。今まで告白された事は何度かあったけど、中学時代は体が弱く入院や自宅療養をしていたので、男子と付き合った事がない。

だから自分から告白なんて有り得ない。でも、でも、キャー恥ずかしい。人生最初で最後の告白をしちゃった。

その返事が「うん」で本当に良かった。だって、余命半年切ったのに、最初で最後の告白失敗って死んでも死に切れないから笑……。

今日から片想い日記は両想い日記に名前が変更になった。

夜メッセージのやり取りを沢山した。彼の事を知る事ができて本当に嬉しい。死ぬからとか時間がないからとかじゃなく、優しさや自分より他人優先主義で友達に慕われている彼の事をどんどん好きになっている自分がいる。

今日より明日。明日より明後日。いつまでこの言葉が言えるだろうか？……でも好きになって良かったって思える相手に出会えた事は、私が死ぬって悲しい事実より、すごく幸せな事実なんだと思う。

死ぬまでに見たかったストロベリームーンの話を彼にした。彼は興味を持ってくれたみたいだ。一緒に見られたらいいな。だって好きな人と一緒に見る事ができると永遠に結ばれる。私は死んでいても彼とは結ばれる……。

本当はその反面嬉しさの倍以上、自己中な自分に対し心底自己嫌悪もあったんだ。だって、私の我儘で彼に経験させなくてもいい恋人の死を経験させてしまう事になる。私は何てエゴイズムに駆られた最低な人間なんだ。彼を好きになったのは私。見ているだけのつもりだった。ずっと片想いのまま、彼には単なるクラスメイトが死んだくらいに感じて欲しかった。本当に好きってそういう事なんだとも思う……でも……でも……好きになってしまったの。抑えられないくらい。日向くん……ごめんね……。

土日習い事をしているから会えないって事にしてごめんね。あなたに嘘をつくのが辛い。外出は中々お医者さんからの許可が出なくてね。これからもあなたに嘘をついてしまうのが辛い……。

素敵な彼氏

４月11日

彼と付き合って、彼の人間性にどんどん惹かれている自分がいる。日向くんの周りには二人の友達がよく来る。一人は川村君。彼は学校でも目立つタイプで、友達の智香が格好良い・イケメンを連発している。でも私は日向くんの方が格好良いと思う。そう言うと智香に萌の目はコンタクトが必要だと力説される。酷い話だ。好みの問題だと思う。私は日向くんの優しい笑顔が何よりも好き。もう一人は福山君。細身で柔らかい感じの人だ。

二人はよく日向くんを弄っている。日向くんに聞いたら、小中学校からの友達らしい。三人共、小学校時代は野球部に入っていたらしく、福山君がピッチャー？　川村君がキャッチャー？　というポジションで、日向くんはベンチ？　というポジションらしい。野球の事は全然分からないんだけれど、流石日向くん。二人とは違った感じのネーミングのポジションだから、きっと大活躍したに違いない。

4月27日

明日からゴールデンウィークだ。普段ならやったー、って思うんだけど、私にとっては地獄のゴールデンウィークだ。学校に行けば日向くんに会える。日向くんを見る事ができる。日向くんと同じ空気が吸える。でもうちの学校のゴールデンウィークは大型連休なのだ。1日が創立記念日。2日が恩人感謝の日と訳の分からない理由で休校なのだ。これって先生達が休みたいだけじゃん。9連休もいる？

9日間も日向くんに会えないなんてブルーだ。明日からのゴールデンウィークはお父さんとお母さんと療養を兼ねて温泉旅行に行く予定。でも最後の旅行になると思うから、最後の親孝行しなきゃね。

大好き宣言

5月7日
一つ良い事を思いついた。頑張ってみようと思う。もしも良い結果が出たなら、日向くん喜んでくれるかな？
私が佐藤日向を心の底から本当に好きなんだと表すものかな。神様たまには良い結果をプレゼントしてよね！　良い子でいるから。

5月16日
今日は高遠さんと初めて話した。体育の時間が同じでたまたま高遠さんも怪我をして見学していたからだ。
高遠さんはすごく美人で性格も良い。私の事嫌いなはずなのに微塵も感じさせなかった。高遠さんも日向くんの事が好きだって確信した。それでも彼女は私と笑顔で会話をしてくれた。日向くんの事を話す時だけ、少しだけ彼女のリズムが乱れた。私と日向くんの事に気がついているのが伝わってきた。

高遠さん。ごめんなさい。それでも私は日向くんが好きです。誰が日向くんを好きであっても私は日向くんが好きなの。

いなくなる私がそんな我儘な事をするのを高遠さんは恨むと思います。許してくれとは言わないです。同じ人を好きになれて良かったです。

5月27日
今日は学園祭。日向くんと一つ秘密を共有した。向日葵の写真集に二人の名前を書いた。相合傘で♡マークも付けちゃった。誰かが見たら私達が付き合っているのがバレてしまう。私が夏に太陽に向かって自信満々に咲く向日葵が大好きだと伝えることができた。向日葵の花言葉は変わらぬ想いだと日向くんに教えることもできた。だからその花の写真集に二人の名前を書けたことが嬉しい。美術室に関わる全ての人、学校の備品に名前を勝手に落書きしてごめんなさい。

今日はどうしても、もう一つ書いておかないといけないことがある。美術室に向かう前、高遠さんに呼び止められた。悪い事をしている訳ではないけれど、正直ドキッとした。

「日向と付き合ってるの？」

と訊かれて二度ドキッとした。やっぱり高遠さんは日向くんが好きなのだ。

日向くんが高遠さんに付き合っていることを報告はしていないと思ったので、ごめんなさい。言葉を濁してしまった。まっすぐぶつかってきてくれた高遠さんにはぐらかすような真似をして申し訳ないとも思った。でも、私が日向くんの事を好きな事はきちんと伝えた。彼女は、

「あなたより私の方がずっと日向を知ってる。あなたみたいな目立つ子が日向である必要がないでしょ？　もっと格好良い人沢山いるじゃない！　何で日向なの？」

と言われた。高遠さんも日向くんと長い付き合いだから日向くんの良さを私より知っているんだと羨ましくも思ったよ。でも私ちゃんと言えたよ。

「私は日向くんが世界で一番格好良いって思ってる。優しくて、人に気遣いができて、自分より、まずは人のこと。色々なことに真剣に向き合える人。クシャクシャになる笑顔が素敵で、不器用な日向くんを私は本当に好きなの」

としっかり彼女の目を見て伝えた。彼女はそれ以上何も言わなかった。

高遠さん。

本当にごめんなさい。私は半年もしたら存在がない人間です。それでも今は、今だけは日向くんを誰にも譲りたくない。渡したくない。離したくないの。

日向くんの人間性に私は本当に惹かれたの。好きになったの。先に死んで勝手ねってあなたは言うかもしれない。

日向くんのことを誰よりも大切にしてきた高遠さんだからこそ、私のことを許してもらえないとは思う。

でももし、許してくれるなら我儘言って本当に申し訳ないけれど、日向くんを今まで通りずっと支えて欲しい。これから先いなくなる私にはできないことだから……。

初デート

6月2日
親に嘘をついて日向くんとお出かけした。ちょっとだけ罪悪感。でも本当に楽しかったー。フワフワ過ぎるパンケーキの美味しさにとろけそうだった。日向くんごめんね。日向くんに病気のこと嘘をついて。日向くんの相手に求める一番重要なものが私には欠けているね。病気のこと何度も言おうと思ったけど、どうしても言うことができない。自分勝手だよね。勝手過ぎるよね。でも、行き帰りの電車の中も、フワフワのパンケーキも行列に並んでいる時間も水族館でクラゲやサメを見てはしゃいだ時も、イルカの夫婦の前でプロポーズ？　してくれた大切な時間も全てが楽しいんだ。こんな事ってあるんだね。何かね、日向くんといるだけで、吸っている空気も全部透き通って美味しく感じるし、世界が明るく照らされているように思えるの。自分の人生がスポットライトを浴びているような。心地いいの。ずっとこのままで。その言葉しか出てこないんだ。初めて手を繋いだあなたの温かい温もり一杯の手の感触、私は絶対忘れないよ。

デート本当に楽しかったなー。無理かもだけどこれからも色々なところに二人でお出かけしたい。イルカの話の時の日向くんが可愛過ぎて愛おし過ぎたー。プロポーズお受けさせてもらいます。

完成

6月3日
やっと完成した！　私頑張った！　やるじゃん私！　って気分。これを見た時に日向くんどう思うのかな？　もちろん、良い結果じゃない場合は陽の目を見ない事になるねきっと……でも良いの。私の思いは表現できたと思う。
もしも私がいなくなったら私の事忘れてくれていいんだよ。もしも……じゃないか。秋にはいなくなるの確定だもんね。人生の残りの数ケ月、好きな人と一緒にいられるなんて、もしかしたら私は数パーセントの幸せな人間なのかもしれないな。好きな人を思って最後を迎える事ができる人ってそんなに多くないのかもね。
これから先、日向くんには日向くんの人生がある。だから私はあなたの人生を縛る訳にはいかないいんだよね……ごめんね、未完成の部分があって。そこを埋める事がどうしてもできなかったんだ。

私はどこにいてもあなたの幸せを一番に願っています。あなたの幸せな人生をずっと応援しています。

16回目の誕生日

6月4日
今日は私の16回目の誕生日。お父さん、お母さん、来年は祝ってもらう機会を無くす親不孝な娘でごめんなさい。感謝の手紙は別で書いているから、また読んでね。
日向くんと付き合ってほぼ二ケ月が経った。とは言え、私のせいで中学生の延長みたいなお付き合いだ。
今日人生でこんなに嬉しい事がないってくらい嬉しかった。私は、彼を好きになって本当に良かったとまた思えた。彼のまっすぐな素直さと一生懸命さに人を想う大切さを教えてもらった。これからの人生に活かしていきたい。って、活かす機会少ないか？　もう数えると余命四ケ月か笑……。

まさかコーヒー牛乳を飲み干したら瓶にメッセージが書いてあるなんて思わなかった。センスのあるサプライズ。しかもその後も日向くんの友達が色々協力してくれた。宝探しみたいな楽しさを味わわせてくれて本当に感謝。すごくドキドキして、ワクワクした。小学生の時に何も考えずにレクリエーションを楽しんでいた時みたいな純粋な気持ちを思い出させてくれた。

プールに飛び込んだことを正直に言ったら絶対お母さんに怒られちゃうな。でも……あの時もうどうなっても良いって思ったの。付き合い始めて二ケ月、彼は思った以上の人だった。自分の事より人の事。しかも見ず知らずの他人の事。太陽に向かって咲く向日葵みたいなまっすぐな人だ。私が向日葵を好きな理由は、

〝佐藤日向は向日葵みたいな人だからだ〟

川村君にも福山君にも本気で心配されていて、素敵な彼氏には素敵な友達がいるなと改めて思った。私が答えた「だって私の一目惚れだから！」は正真正銘な事実だから。

そして念願だったストロベリームーンを一緒に見る事ができた。

奇跡の誕生日。

人生最後の奇跡の誕生日を好きな人と一緒にストロベリームーンを見ながら過ごせた。そんな贅沢をしたなら引き換えに命くらい差し出さなきゃ駄目かなやっぱり。ピンキーリング最後まで大事にするね。棺の中に持っていってもいいかな？　日向くん。

お母さんに伝えておこうかな。私が死んだら左小指に必ずはめてもらうように……。

こんな日にこんな事考えるのって幸せであり、不幸せだなー。

流石に私、泣いてもいいかな……やっぱり本当は怖い……今さら怖いって可笑しいかな……今日が幸せ過ぎて。

彼の匂い、温かさを寝っ転がった時に隣で感じたの。この人の隣にずっといたいって思ってしまった。

彼の匂い、彼の体温を忘れる事ができないくらい好き。

ただ、最期を迎えるまでに悩んでいる事がある。私は彼とファーストキスをするのをすごく悩んでる。今日も躊躇《ためら》った。可笑しな悩みだよね？

キラキラ輝く青春真っ盛りの女子高生なんだから、生きている間にキスくらいはして天国に旅立ちたい。でも、彼のファーストキスがもし、私だったら、一生心に傷を負わせてしまう事になるかもしれない。ファーストキスの相手ってどんな子？　ってこれから付き合う彼女にもし訊かれたら、もうこの世にいないって答えなきゃいけない。

あと、日向くんが私のせいでお父さんとお母さんに怒られてしまってごめんなさい。

今日は沢山日記書いたなー。何だかちょっと無理しちゃったかな。少し疲れちゃったかも……じゃあ今日はここまで。

FBI

6月6日

昨日から入院しちゃった。お母さんに日記持ってきてもらった。私の人生が終了するまで中身は読まないでって約束したけど大丈夫かな？　私の悪運もどうやらここまでみたい……余命1年なら10月くらいまで生きる事ができる予定でしょ？　と神様にクレームを入れたい。クレーム用のコールセンター立ち上げて※。めっちゃ文句言ってやるんだから！

いつも元気な私も流石に入院したから気分がちょっとだけ落ち込んでいる。口に酸素マスクと左手には点滴と完全病人スタイルじゃん。あーあ、死んじゃうのかなもうすぐ。

日向くんには『心配しないで』しか打ててない。本当の事を知られたら嫌われちゃうかな？

余命数ケ月の彼女……誰だって嫌だよね……。

6月7日
私の彼は麻薬探知犬か？　ＦＢＩか？　すごく嬉しかった。市内の病院全部調べてくれて、私の入院している隣の市の病院まで辿り着いてくれた。こんな事ある？
部屋のドアの方を見たら日向くんがいたので心臓が止まるかと思った。不謹慎だが私の心臓はもうすぐ止まる笑。

彼の優しい笑顔を見たら涙がずっと止まらなかった。こんなところまで自転車で1時間かけてお見舞いに来てくれた。優しいだけじゃなく、ガッツがある素敵な彼氏だ笑。

これで私が結構な病人って事がバレてしまった。病名や余命の事はあえて誤魔化した。ごめんね。いきなり過ぎて伝える勇気が持てなかったの。私も病名が分からない振りをした。本当の事を伝えて、大好きなあなたに振られるのが怖かったんだと思う。

それに、急に来るんだもん。ノーメイクで髪もボサボサ。恥ずかし過ぎて死にそうになったよ。

でも……彼の優しい顔を見られて、本当に嬉しかった。ごめんね心配させて。

窓から帰るあなたの後ろ姿を小さくなるまでずっと見てた。本当にありがとう。

6月15日

日向くんはあれから毎日お見舞いに来てくれる。嬉しい反面、彼の体調も気になる。無理させてないかなと心配。彼は僕が会いたいからといつも通り優しい言葉を投げかけてくれる。

今日なんてビックリした。だって蛍30匹だよ。わざわざ目乃美川の上流にまで行って、お祖父さんと捕って来てくれた。あまり彼の前で何がしたいって言ったら駄目かもしれない。優しい人だから私の願いを叶えてくれようとする。その想いに胸の辺りが苦しくなる。何だか切なくて苦しくて、そして彼を愛おしく思う気持ち。

夜になってこっそり隠していた袋から虫カゴを取り出した。

病室内でクリスマスツリーのように点灯を繰り返す蛍達。光を放つたびに幻想的な眩《まばゆ》さと共に生命の終わりに向かっていく切なさも同居している気がした。

目の前で蛍を見たのは子供の頃あったかな？　と小さい頃を懐かしんだ。彼と彼のお祖父さんに感謝する。

蛍を見る事ができるのもこれが最後。蛍さんありがとう。明日戻すね。元いた場所に帰してください。私に素敵なイルミネーションを届けてくれてありがとう。

6月24日

どうやら退院は無理そうだ。このままベッドで私は最後を迎えるのかな？

16歳。まだまだやりたい事だらけだよ神様ー。ブーブー！

お父さんとお母さんは、また泣いていた。ごめんね。私が病気にならなければそんな思いしなくてすんだのに。親不孝な娘でごめんなさい。

でも残り数ケ月頑張って最後まで笑顔を絶やさず踏ん張ってみます！　私も元気な自分が好きだから！

でも体力的にちょっと字を書くのが辛くなってきたかも……本当に死期が近いのかな？

日向くんに会いたいよー。さっきまでお見舞いに来てくれてたけど、またすぐ会いたくなる。日向くんがいる病室は空気が違うの。幸せな空気を運んでくれる。日向くんの帰る後ろ姿を窓から見る時が一番寂しい。でも日向くんが来てくれた時が一番嬉しい。

神様、私はあと何日眠る事ができるのかな？　あと何日、朝目覚める事ができるのかな？

最近はベッドの中で瞼を閉じる事が怖いの。

会いたい

7月1日
日向くんたらサプライズすごすぎ！　まさか、病院の敷地内に導火線繋げた打ち上げ花火を上げるだなんて笑。さすが私の彼氏。やる事が大胆。その後、こっ酷く叱られたらしい。名乗り出ず、逃げればいいのに……片付けに戻るところが日向くんらしいよね。

大人の人達にメッチャ怒られたみたい。ごめんね日向くん。そんな思いまでさせて。

7月12日

あれ？　おかしいな？　字がまともに書けない。右手が言うことを聞かない。どうしよう。これじゃあ、日向くんに嫌われてしまう。頑張んなきゃ！

日向くーん。毎日お見舞いに来てくれてありがとう。でも夜になると怖いの。不安なの。日向くんに会いたいよー……ごめんね今日は、何だか疲れたから寝るね。

7月13日

今日も字が書きにくい。今日は日向くんが初めてお見舞いに来てくれなかった……何かあったのかな？　大丈夫って言っていたけど心配。無理を言っちゃ駄目だから我慢我慢。でも……会いたい。会いたい。会いたい。私の一日は普通の人の一ケ月。お願い、明日は日向くんの笑顔に会わせてください……。

7月14日
日向くん。どうしたのその顔？　転んだって言ってたけど……心配です。私のせいで日向くんを苦しめている？　だったらごめんね……本当に。

私から日向くんへのラブレター

7月21日
字が汚くてごめんなさい。手が震えて書きにくいの。許してね。うまく書けないのがくやしい。もう最期まで時間がないみたい。意識がもうろうとするので長い時間書くことができないの。だから……少しずつだけど、感謝の気持ちを伝えたいと思います……。

日向くん。ごめんね。私日向くんを置いて天国に先に行っちゃいます。

私の誕生日を祝ってくれた日向くん……私は今年の日向くんの誕生日を祝ってあげられそうにありません。ごめんなさい。来年も、再来年もあなたの誕生日には隣に私はいません。あなたをこんなにも大好きなのに、こんなにも愛しているのに……私はあなたのそばにいる事ができないんです。

あなたは優しいから私の事を忘れて好きな人を作って良いって言っても、数年は作らなかったりするのかな？　でも良いよ。本当に彼女作っても……ただ、流石に死後一ケ月以内に新しい彼女は嫌かな？

私はこの世からいなくなる前にあなたから人を好きになる気持ちを沢山教えてもらいました。人を大切にする温かい気持ちを、自分が全部あなたからしてもらい、知る事もできました。

あなたに一つだけ伝えたいことがあります。あのね……神様は平等なんだって！

人間は死ぬまでに良い事と悪い事が半分半分起きるようになっているんだって
……って事は5対5だよね？……でも考え方次第で全部良い事になる場合があるんだって。

良い事
あなたに出会えた事
お父さんとお母さんの子供に生まれた事
女子高生になれた事
誕生日を祝ってもらった事
日向くんとストロベリームーンを一緒に見る事ができた事
悪い事だけど良い事に変えられる事
先に天国に行くけど若いままで死ねるって事
先に天国に行くけどあなたと恋ができた事

先に天国に行くから勉強しなくて済む事
先に天国に行くけど、病気の辛さや痛みを知る事ができた事
先に天国に行くけど、大好きなあなたより先に死ねる事

本当だね。考え方次第で全部良い事になったよ……神様は私には平等ではなく結局は甘かったね。私が可愛いからかな？　笑。だって私には全部良い事なんだもん……ごめんね、側で笑っている事ができなくて本当にごめんね。

私の事はきれいさっぱり忘れてください。

それから心の底から好きな人を作ってください。

その好きになった人と幸せな家庭を築いてください。

そして素敵なお父さんになってください。

一家の大黒柱としてお仕事頑張ってください。

毎日を癒してくれる家族を大切にしてください。

息子さんとキャッチボールしてください。

恥ずかしいかもしれないけど、結婚式で娘さんとバージンロードを歩いてください。

少しでもいいのでお仕事で納得した人生を歩み、定年を迎えてください。

ゆっくりした時間の中でお孫さんと手を繋いで歩いて幸せを感じてください。

そして……70年後までくらいは絶対に生きていてください。


あなたの幸せをずっとずっと願っています。


あなたと逢えるであろう70年後を楽しみにしています。私は16歳のままだけど、あなたは86歳のお爺ちゃんだね？　私、日向くんの事が分かるかな？

嘘だよ。絶対に、絶対に分かるの……だって私が最後に好きになった人だから。

でも、あなたはその時何て私に向かって言うんだろうね？　誰？　は嫌だよ笑。

「萌ちゃん相変わらず可愛いね」

って言ってね。女の子は好きな人に褒められるのが一番嬉しいんだよ。絶対だからね！

第6章

一枚の絵

病院からの連絡

7月28日。電話が鳴った。萌ちゃんのお母さんからだった。至急病院に来てくれ。病院に着くと萌ちゃんのお父さんとお母さんがＩＣＵの前で深刻な表情を浮かべ、立ったり座ったりを繰り返していた。お母さんは僕を見るなり、僕の両手にすがりつき、泣き崩れた。しばらくして、お父さんが僕からお母さんを引き離す。お父さんは僕に深々と頭を下げた。

「今日明日が山場だって……お別れを言ってあげてくれるかな……」

僕は、

「大丈夫です。萌ちゃんは大丈夫です！　だから、だから……」

とずっとずっとお父さんに何度も訴えかけた。萌ちゃんのお父さんは膝から崩れ落ち、しばらく立つ事ができなかった。

その言葉は自分に言い聞かせた言葉だった。

そして……お母さんに見せられたのが、萌ちゃんが意識をなくす寸前まで書いていた日記だった。僕は病院の硬めのソファに座り萌ちゃんの字を、大切に一文字一文字なぞりながら読み耽《ふけ》った。

彼女の文章を一行読むたびに、涙が頬を伝いズボンに落ちていく。自分自身で感情をコントロールする事ができない。病院の待合室とか関係なく、子供が泣き喚くように体を震わせながら僕は号泣した。何度も不甲斐ない自分を責めるように腿《もも》を拳骨《げんこつ》で叩く。嗚咽を上げながら床に座り込んで僕もしばらく立ち上がる事ができなかった。萌ちゃんの心に触れる事で僕の全ては崩壊した。

最初から僕の事を知っていたなんて全く気がつかなかったよ。入学式で初めて会ったとばかり思っていた。その数時間後に彼氏彼女になったのには僕も驚いた。そこから僕達はだんだん距離を縮め、本当の恋人になっていったね。入学式前に2回も会ってたんだね僕達。

まだ、伝えきれてない事があるよ。萌ちゃん。待ってて……。

向日葵の花言葉

僕は病院を飛び出し、自転車を走らせた。心の中で「待ってて！　待ってて！　待ってて！」とずっと繰り返しながらペダルを漕いだ。

汗と涙で前が見えない。何度も手で拭って、目的の場所を目指した。到着すると自転車を投げ捨て、目的の人物を必死に捜した。運良くその農家の人がいた。僕はその人に駆け寄った。

「お願いします。お願いします。彼女が、彼女が……彼女に、彼女にこの向日葵を届けたいんです。今このくらいしか持ってないんです。１００本買うといくらですか？　必ず働いて返しますから……お願いします」

僕は必死に手に握った一万円を握りしめその人に泣き縋った。

「落ち着きなさい。分かったから、分かったから事情を話してごらん」

おじさんは優しい表情で僕を立たせ、笑みを湛え僕の話を聞いてくれた。僕はどうしても向日葵が必要だと想いのたけをぶつけた。

おじさんは状況を理解してくれた。そして奥さんに電話で伝え、軽トラック一杯に2、300本くらいの向日葵を載せ、僕の自転車も一緒に載せた。

「清新大学病院だね。これはおじさんからのプレゼントだ。お金はいらない。君が自転車でこの道を何度も通っているのを見ていたんだ。君にそんな理由があったとはね。だったら、彼女にきちんと想いを伝えてあげなさい」

そう言うと僕を助手席に乗せ、清新大学病院まで一緒に運んでくれた。途中で、大学病院の院長と同級生という事で、向日葵を病院にも持ち込む許可を電話で取ってくれた。入口に到着すると数名の病院関係者が台車を準備してくれていた。

「じゃあ、青年！　頑張れよ」

「ありがとうございます。このご恩は一生忘れません。本当にありがとうございます」

　僕は深々とお辞儀をした。

「若い者はそんな事気にすんな！　おじさんも若い人の役に立てて良かったよ」

　そういうと窓から手を振りながらトラックを来た方向へ走らせた。

　数百本を分配して載せ、台車を走らせる。貨物用エレベーターで萌ちゃんの病室に急ぐ。

　病室ではお父さんとお母さんとお祖母ちゃんが泣きながら萌ちゃんに話しかけている。両親と目を合わせ、会釈をしてベッドの反対側へ駆け込む。萌ちゃんの左の手を握った。

　部屋一杯に数百本の向日葵を届けた。僕は萌ちゃんに話しかける。

「萌ちゃん！　萌ちゃん！　一緒に見に行こうって言ってた向日葵畑からもらってきたんだ！　ねえ、萌ちゃん！　萌ちゃん！」

僕は萌ちゃんに大声で語り掛けた。萌ちゃんの意識が少しだけ戻った。

「萌ちゃん。向日葵の花言葉は変わらぬ想いだよね。僕は君の事がずっと好きだから！　ずっとこの想いは変わらないから！」

萌ちゃんの目から涙が伝う。

「向日葵綺麗だね」

力無いが優しい表情で呟いた。

「萌ちゃん死ぬまでに良い事と悪い事が半分半分で、萌ちゃんは全部良い事だったなら、僕も全部良い事だったよ。ねえ、萌ちゃん聞こえる？　僕も良い事だらけだったよ！

萌ちゃんに出会えた事。

萌ちゃんと付き合えた事。
萌ちゃんの誕生日を祝えた事。
萌ちゃんとストロベリームーンを見れた事。
萌ちゃんと二人乗りできた事。
萌ちゃんと手を繋げた事。
萌ちゃんに蛍を見せられた事。
萌ちゃんに花火を見せられた事。
萌ちゃんに向日葵を見せられた事」

そして、僕は、お父さんとお母さんの方にごめんなさいと謝って、

「最後に萌ちゃんとファーストキスができた事」

そう言って萌ちゃんのマスクを取り、2、3秒キスをした。

萌ちゃんは微笑むと、

「ありがとう……良かった。ファーストキスを経験して、死ぬ事ができるんだね私。ずっと……ずっと大好きだよ日向くん。私もずっと変わらぬ想いだから……」

萌ちゃんは意識が遠のく中、最後の力を振り絞って僕にそう伝えた。そして瞼を閉じて柔らかい表情で眠ったように動かなくなった。

病室には萌ちゃんの名前を叫ぶ声が何度も虚しく響いた。

僕の隣には

萌ちゃんが亡くなり、葬儀までの時間、僕の記憶はほとんどない。記憶がないと言うよりは、考える事や人と話す事を放棄していたからなのかもしれない。あの日から灰色の景色だけが、毎日過ぎていった。

出棺の時も僕は誰に何を話したのか？　どうやってそこまで行ったのかも覚えていない。ただ気が付いたら部屋の中でずっと涙が止まらない自分になっていた。

それから毎日ずっと泣き続けた。涙って枯れる事がないんだと知ったんだ。

カワケンやフーヤンが心配して何度も僕の家を訪ねてくれたがすぐには立ち直ることができなかった。夏休みという事もあり、もし、僕が抜け殻になったり、廃人になったりしても誰にも迷惑をかける事はないと思っていたからだ。

僕は申し訳ないけど帰ってくれと告げると、心配する二人を余所に、部屋にずっと閉じこもった。

流石に両親も心配していた。食欲はないが、あまり心配させるのは良くないと少量だけでも食べていたので、両親もその点だけは安心してくれた。僕はただ、息をして、寝るだけ。感情も何もかもが自分の中から無くなってしまったと感じた。麗は毎日やってきては僕を元気づけようとするが、僕の無気力さに結局泣き崩れて帰って行った。

「しっかりしなよ！」

と怒鳴られ、一度思いっきりビンタを食らったが、僕には痛みなどもはやどうでも良くなっていたのだ。

萌ちゃんが亡くなってから20日ほど経過した8月15日に萌ちゃんのお母さんから電話がかかってきた。次の日僕は言われるままの場所で萌ちゃんのお母さんと待ち合わせの約束をする。

しばらく髪を切っていなかったのでボサボサになっていたのが少し気になったが、一通り問題ない格好だけをして約束の場所に向かった。葬儀以来の外出が東京になるとは思わなかったが、萌ちゃんのお母さんにどうしてもとお願いされたので、電車を乗り継ぎ、東京駅を経由し、内幸町にある大きくて客室が多数ある由緒がありそうな立派なホテルのロビーに向かう。

シャンデリアで彩られた広い天井。大きな柱に囲まれたラグジュアリー感たっぷりのロビーは、田舎の高校生の僕を圧倒する。見た事もない赤い色のアイスクリームのようなオブジェや高そうな生花が彩られたオブジェはこの先一生見る事がないかもしれない。大理石のフロアはピカピカで、ポロシャツ、ジーンズ、スニーカーの場違いな僕を地面から反射させる。

萌ちゃんのお母さんがロビーまで僕を迎えに来てくれた。紺色のツーピースで白いシャツを着ている。当たり前だが由緒あるホテルに似合うきちんとした服を着ていた。

「佐藤君……わざわざ東京までありがとうね。ごめんなさいこんな所まで」

深めのお辞儀をされる。僕の顔をじっと見つめ、

「あの子が佐藤君に残した最後のプレゼントなの……佐藤君、今日誕生日よね？お誕生日おめでとう」

萌ちゃんのお母さんはそう言うと僕に笑顔のまま小さな箱を手渡した。箱を手に

取る僕に、

「今日ここまで来てもらったのには理由があって……こちらいいかしら」

萌ちゃんのお母さんは僕をエスカレーターで2階に案内する。ロビー以上に人がごった返している。全員かしこまった格好をしているので、僕だけが浮いて見えるだろう。少しだけ場違いな格好が恥ずかしいと思った。

大きな案内板があり、そこには現代美術絵画展　優秀作品発表会と書かれていた。部屋の中に案内され、一枚の絵画の前に通された。

その一枚の絵を見た瞬間、僕の頬を涙が伝った。彼女のために流す悲しい意味の最後の涙だった。


〝題名「あなたの幸せな未来」　桜井萌〟

その絵には僕らしき男性が幸せそうに描かれていた。その横には女性が描かれ、子供達も笑顔でいる。息子と娘も存在した。いかにも幸せそうな家族四人だった。

でも……女性の顔だけが描かれていなかった。萌ちゃんが日記で謝っていたことはこれを指していたのか……。

「あの子………最後までどうしても女性の顔だけ描けなくて……でもそれでも佐藤君に幸せになって欲しいってずっと頑張って描いていたの。あなたに見せる事ができて本当に良かったわ。萌が願っているように、あなたは素敵な人を見つけて、幸せな人生を歩んでね。それは萌を忘れた事にはならないから……」

お母さんはハンカチで目を押さえてしばらく言葉を失い何も話せなくなった。

僕は萌ちゃんのために流す悲しみの涙はそこで終わらせる事ができた。萌ちゃんが頑張って描いてくれた絵を見てやっと分かったんだ。

エピローグ

永遠に

誰もいない屋上は初夏の気持ち良い風を運んでくる。電灯が点き、黄色い光で全体が照らし出される。手摺りに寄りかかりながら、まだ夜が深くない空に顔を出したいつもと違う月を見上げた。

11年、悲しい事に萌がいなくなった世界は何事もなく進んで行った。想像ができなかった萌がいない世界。その世界はどんな色の空間やどんな匂いの空気をしているんだろうと不安に思ったことが無駄なくらい。

無機質で色褪せただけの景色は、日向の心をずっとどんよりと覆い尽くしていた。日向だけを取り残し、世の中は何不自由なく回っていった。一歩前に踏み出す事すら億劫になった日向だけを置いて……。

日向は瞼を閉じ、ネックレスに通された指輪を強く握った。

萌ちゃんへ

あれからもう、11年も経ったんだね。偶然にも11年前の２０１２年と一緒で、今年も６月４日とストロベリームーンが見える日が同じ日なんだよ。こんな事って生きている間に２回も経験できるんだね。

だったら僕は、もう一度君に会える奇跡が欲しいよ。それ以外は何も望まない。

君が亡くなった後、僕の誕生日の８月16日に君のお母さんに預けてくれた僕があげたのとお揃いのピンキーリング。今も大切にちゃんと大事にしているよ。

屋上から見るストロベリームーンは一緒に見たあの日と変わらずとても綺麗だよ。

僕は何も変わらない。僕はずっと君を想っているよ。僕がそっちに行くまで君が言った70年後で86歳だとしたら、あと59年待てるかな？

どうやら好きな人を作れる気分には後59年なりそうにないかな。僕がそっちらに行ったら、お爺ちゃんだから分かるかな？

あの絵の横にいるのは萌ちゃんであって他の誰でもないんだよ。

僕は口下手だけど、萌ちゃんを見つけたら、萌ちゃんの言いつけ通り相変わらず可愛いね！ってちゃんと褒めるからね。

今日のストロベリームーンはあの日萌ちゃんと一緒に見たのと同じくらい綺麗で切なくてそして素敵な色をしているよ。


佐藤日向は桜井萌が大好きです。ずっと変わらぬ想いのまま……。


スマホが鳴る。通話をスワイプして出る。

「ああ、今日は夜勤で駄目なんだ……え？　そっか、フーヤンも麗もいるんだ？……うん、ごめんね。また行くよ。え？　大丈夫！　体が元気なのとガッツがあるのが僕の長所だから……うん。カワケンありがとうね」

通話ボタンを押して電話を切り、白衣の左ポケットにスマホを押し込んだ。同時に、屋上のドアが開いた。

「佐藤先生良かったー。まだお帰りになられてなくて。いつもの屋上にいたんですね。急患なんです。お願いします」

「すぐ、行きます」

僕はもう一度首に下がるピンキーリングを握って振り返ると、左手に持った写真集を大事に抱え直した。空に浮かぶストロベリームーンを、萌を想いながらもう一度見上げた。

・本書はフィクションです。実在の人物および団体などとは一切関係ありません。

プロデュース　永松茂久
制作協力　池田美智子
校正　鷗来堂

芥川なお（あくたがわ・なお）
兼業作家。大分県中津市出身。本書がデビュー作。芥川姓は本名。

ストロベリームーン

2023年５月10日　第１刷発行
2024年４月６日　第10刷発行

著　者　芥川 なお

発行者　徳留 慶太郎

発行所　株式会社すばる舎
〒170-0013　東京都豊島区東池袋3-9-7　東池袋織本ビル
TEL　03-3981-8651（代表）
03-3981-0767（営業部）
FAX　03-3981-8638
https://www.subarusya.jp/

印　刷　ベクトル印刷株式会社

落丁・乱丁本はお取り替えいたします

ISBN978-4-7991-1132-1